Klaus Blumberg

Die letzten Tage der Edda Hoppe

Roman

Lektorat: Vielen Dank an Bettina Siebert und
Martin Schröder

Covergemälde:

Britta Stuhlmacher

Herstellung und Verlag:

BoD - Books on Demand, Norderstedt

ISBN 978-3-7504-9967-6

Dieser Roman ist den Schwestern Kirsten, Silke, Christine und Ines gewidmet.

1. Tag

Edda Hoppe saß in ihrem Ohrensessel und starrte auf eine Ecke ihrer Wand, an der sie etwas zu entdecken glaubte. Wenig größer als ein sich bewegender Punkt. Es dauerte einige Sekunden bis sie wusste, was es war: Eine Spinne seilte sich entspannt an ihrem seidenen Faden abwärts. Das war völlig unglaublich. Erst vor einer Stunde hatte Edda ihre tägliche Hausarbeit beendet, die Stube, in der sie saß, gründlichst gereinigt. Wer Edda kannte, wusste was damit gemeint war. Es gab keinen Menschen, der auf Sauberkeit mehr Wert legte als Edda im Umkreis von mehreren hundert Kilometern. Wahrscheinlich! Immerhin eine stolze Leistung, mit zweiundachtzig Jahren den ganzen Haushalt zu schmeißen, in jede Ecke zu kriechen und nach Staub und Schmutz Ausschau zu halten.

Edda erhob sich aus ihrem Sessel und bewegte sich flink in Richtung ihrer Küche. In einem der Seitenablagefächer förderte sie einen kabellosen Handstaubsauger zu Tage und stürzte damit zurück ins Wohnzimmer. Sie war zu schnell unterwegs, wie immer die ständigen Ermahnungen ihrer Tochter ignorierend. Das Wohnzimmer war voller Stolperfallen: Teppichbrücken und kleine flauschige Läufer auf dem Parkettboden, die einen alten, schon etwas tapsigen Menschen leicht zu Fall bringen konnten. Galant meisterte sie das erste Teppichstück, hatte bereits die On-Taste des Staubsaugers gedrückt, der wild aufheulte. Der dickflauschige Schaffellläufer brachte sie dann zu Fall, wölbte sich beim Anblick ihrer Hauspuschen, die sich darin verhedderten wie ein dicker Fisch im Netz. Mit dem Stil voran sprang der brüllende Staubsauger aus ihrer Hand, überschlug sich ein paar Mal und donnerte mit Wucht in die Scheibe ihrer Vitrine. Die Spinne an ihrem Faden, hielt kurz inne, bewegte nachdenklich ihre Vorderbeine an dem Netz und wanderte dann einige Millimeter an ihrem Faden hinauf.

Edda hatte Glück. Sie schlug neben dem Couchtisch mit der steinernen Platte auf den darunter liegenden Teppich auf, allerdings ohne sich geistesgegenwärtig abfangen zu können. Als sie ihren Kopf zu bewegen versuchte, stellte sie fest, dass ihre Nase blutete. Ein feines Rinnsal, das sich langsam auf den Flusen ihres Teppichs ausbreitete wie Tinte auf Löschpapier.

Sie schreckte auf wie aus einem schlechten Traum und erwischte die Kante des Tisches mit ihrem hochfahrenden Kopf. Nun stieß sie einen spitzen Entsetzensschrei aus. Zwischen Sitzfläche und Seitenlehne ihres Ohrensessels klemmte eine Packung Papiertaschentücher, nach denen sie noch im Stolpern griff. Mit einer schwerfälligen Drehung setzte sie sich in den Sessel, hielt sich ein Taschentuch unter die blutende Nase und betrachtete ihr Malheur. Der kleine Handstaubsauger hatte sich im Holzspalier ihrer Vitrinentür verkeilt. Sein Motorgehäuse ragte wie ein irritiertes Hinterteil heraus, seine Plastiklamellen ähnelten dem gefräßigen Gebiss eines Tieres.

Die Spinne war nicht mehr zu sehen, hatte ihren Faden eingeholt und ihn in dem Raum zwischen Wand und Vitrine weitergesponnen.

Edda schüttelte voller Selbstmitleid ihren Kopf. Von diesem Vorfall konnte sie niemandem erzählen – am allerwenigsten ihrer Tochter, ohne dass diese einen ihrer Wutanfälle bekäme.

Neulich erst hatte sie eine Schimpftirade abgelassen, weil Edda beim Fensterputzen auf einen Tritt gestiegen war und von dort auf ihre breite Fensterbank. Bei geöffnetem Fenster würde ein Sturz aus dem vierten Stock tödlich sein, meinte sie. Ein Sturz, der direkt vor dem Eingangsbereich der örtlichen Sparkasse enden würde.

»Prost Mahlzeit!«

2. Tag

Die Zeit. Die langsam verstreichende Zeit. Die Zeit, die von jedem Menschen anders empfunden wird, dachte Edda, während sie grübelnd in ihrem Sessel saß. Ihre eigene Zeit erschien ihr zäh, da sie jeden ihrer Schritte schwerfällig, mit der größten Kraftanstrengung ausgeführt, erscheinen ließ. Schritte im Wüstensand, immer den Blick auf einen endlosen Horizont gerichtet, der nie näher kam. Festgeschraubt auf der Werkbank des alten Lebens.

Auf dem Tisch lag ein aufgeschlagenes Fotoalbum. Ein Album in rotes Leder gebunden, daneben ein Glas Wasser. Sie hatte lustlos darin geblättert. Es zeigte ihr Leben in einer anderen Zeit. In einer Zeit, die noch gar nicht so weit zurücklag, in der ihr Mann noch lebte.

Er starb kurz nach ihrem fünfzigsten Hochzeitstag und immer wenn sie daran dachte, erschien ihr diese Zeit mal kurz wie ein abgeschnittener Faden oder endlos lang wie ein Leben an einem Seil, das zwei Personen auf Gedeih und Verderb aneinanderband. Durch den Tod ihres Mannes war dieses Seil gekappt worden; hatte sie befreit und gleichzeitig ins Bodenlose abstürzen lassen. Ein

Umstand, den sie niemals erwartet hatte, weil sie sich nicht vorstellen konnte, jemals den Boden unter den Füßen zu verlieren.

Sie nahm einen Schluck Wasser und erhob sich vorsichtig aus ihrem Sessel. Der gestrige Unfall saß ihr noch in den Knochen. Den Vormittag hatte sie damit verbracht, die Spuren zu beseitigen. Das Blut auf dem Teppich bestreute sie zunächst mit Salz, das sie später mit etwas Flüssigkeit aus den Fasern rieb, bis nur noch ein blasser Fleck übrig blieb, den sie mit Teppichschnee weiterbearbeitete. Anschließend saugte sie die Glasscherben vor der Vitrine auf und puhlte mit ihren Arbeitshandschuhen die Splitter aus der Holzumrandung.

Diese Tätigkeiten wurden begleitet von einem dumpfen Kopfschmerz, der sie seit diesem unglückseligen Vorfall quälte, ohne dass sie imstande gewesen wäre, etwas dagegen zu unternehmen, da sie eine starke Abneigung gegen jede Form von Medikamenten besaß. Dazu zählten auch vergleichsweise harmlose Kopfschmerztabletten.

Diese Abneigung hatte sie von ihrer Mutter geerbt, die der Ansicht gewesen war, dass jegliche Medikation des Teufels war, den Körper vergiftete oder zumindest nachhaltig schädigte und die über neunzig Jahre alt wurde, wenn auch mit körperlichen Einschränkungen. Besonders in ihren letzten Lebensmonaten, in denen Edda sie pflegen musste. Edda versuchte die Gedanken an diese unangenehme Zeit zu verdrängen, schlurfte vorsichtig ins Badezimmer, knipste die Lampe über dem ovalen Spiegel an und betrachtete ihr Gesicht. Sie hatte die kleinen blutgetränkten Papierkügelchen bereits gestern, nach ihrem Unfall, aus ihren Nasenlöchern entfernt.

Jetzt überprüfte sie an den unteren Rändern ihrer Nase, ob auch sämtliche Blutspuren beseitigt waren. Sie hatte ihre Tochter informiert, ohne ihr die wahre Geschichte zu erzählen. Sie habe bei ihrer täglichen Arbeit festgestellt, dass eine Glasscheibe in ihrer Vitrine einen unerklärlichen, haarfeinen Riss aufwies, der beim Öffnen der Tür – sie wollte ein abgewaschenes Glas zurückstellen – zum Bruch der Scheibe führte. Punkt aus. Das alles hatte ihre Tochter geschluckt und war bereit, alles Notwendige zu unternehmen, um die Sache wieder in Ordnung zu bringen.

Edda betupfte ihre Nasenlöcher mit einem feuchten Tuch. Sie war noch immer eine attraktive Frau, die ihr Gewicht seit nahezu fünfzig Jahren stabil gehalten hatte. Sie war weder zu einer dürren Ziege mutiert, noch zu einer ausladenden Kuh, sondern hatte an den richtigen Stellen ihre weiblichen Rundungen bewahrt. In dieser Hinsicht besaß sie eine unglaubliche Disziplin, wobei ihr der Umstand, dass sie nicht gerne kochte, entgegenkam.

Ihre ehemals pechschwarzen, langen Haare wurden im Alter einer modisch grauen Kurzhaarfrisur geopfert. Aber die inzwischen schlohweißen Haare standen ihr ausgezeichnet. Das Besondere aber waren ihre stechenden, dunklen Augen, die jeden zu durchbohren schienen, besonders wenn sie schlechte Laune hatte.

Andererseits besaßen sie eine Glut, die der von Gala Dali ähnelte, wie ihr Schwiegersohn Harry einmal erwähnt hatte. Sie kannte diese Gala nicht, aber sie merkte sich die Aussage und musste des Öfteren an sie denken.

3. Tag

Nieselregen. Edda zupfte am Store ihrer Gardine und schaute nach unten auf die menschenleere Straße, in Erwartung, das Auto des Glasers zu erblicken, der die neue Scheibe in die Vitrine einsetzen sollte.

Aber auf dem Parkplatz rührte sich nichts. Keine Bewegung war auszumachen. Es war windstill. Nur die dünnen Regentropfen benetzten die Dächer der geparkten Fahrzeuge. Sie stand ganz steif, wie eine Statue, ihre geschlossenen Hände berührten sich, die Lippen ihres Mundes waren zu einem schmalen Strich verkümmert. Das Warten war ein Zustand, der nur schwer auszuhalten war. Pünktlichkeit war eine Eigenschaft, die einen hohen Stellenwert in ihrem Leben besaß. Wenn verabredete Zeiten nicht eingehalten wurden, sank ihre Stimmung gegen Null, was die betreffenden Personen massiv zu spüren bekamen. Sie wurden mit Nichtachtung gestraft.

Das lag an ihrer Erziehung. Ihr Vater war ein Soldat gewesen, ein Offizier. Sie war noch ein Kind als er starb, als er fiel, wie man es damals so poetisch formulierte, als sei er lediglich gestürzt, ausgerutscht oder hingefallen. Zu einer Zeit, als die Welt bereits in

Trümmern lag, im schlesischen Oppeln, wo der Vater stationiert war und die kleine Familie eine Zeitlang lebte.

Ihr Vater war überaus korrekt gewesen, was sie ständig betonte, wenn sich das Gespräch um ihre Vergangenheit drehte und ihr Gesprächspartner neugierig nach ihren Wurzeln fragte. Aber ihre tatsächlichen Erinnerungen gaben nicht viel her. Vielleicht war sie von den Uniformknöpfen geblendet, der makellosen Erscheinung des Vaters, der Größe und des Stolzes, der in dieser Bekleidung mitschwang. Er war eigen, wie man so schön sagte. Alles musste seinen Platz haben im Leben. Er war, wie sie manchmal zugab, Mitglied der Waffen-SS, was seiner Wirkung auf sie allerdings keinen Abbruch tat. Sie hat sich Zeit ihres Lebens nicht um Politik gekümmert.

Es war der Vater, der mit ihr ein lang ersehntes Kleidchen kaufte, der sie auf den Arm nahm und liebkoste. Es war der Vater, der ihr jeden Wunsch von den Lippen ablas.

Es war ihr Vater, der plötzlich aus ihrem Leben verschwunden war und nie wieder auftauchte. Es war der Vater, den sie schmerzlich vermisste. Vielleicht war sie darum zeit ihres Lebens von Uniformen fasziniert. Sie wollte immer einen Mann, der Uniform trug, der in einer Uniform gut aussah. Und da sie in Stralsund lebte, sollte es ein Mariner sein, ein großer, schlanker Seemann.

Jetzt geschah auf dem Parkplatz etwas. Ein Fahrzeug, das wie ein kleiner Lieferwagen aussah, bog langsam in eine der Parkbuchten. Ein korpulenter Mann in einem blauen Overall quälte sich aus dem Fahrzeug. Zuerst sah Edda seine wirbelnden Beine, an denen schwere Arbeitsschuhe klebten, dann rutschte der Oberkörper schwerfällig nach. Seine Schuhe bekamen schließlich Bodenhaftung. Mit festem Stand öffnete er eine Schiebetür hinter der Fahrerkabine und brachte eine große Tasche zum Vorschein. Dann bewegte er sich in Richtung des Hauseinganges. Edda verließ ihren Platz am Fenster und erwartete in ihrem erleuchtenden Flur das Klingeln an der Wohnungstür. Fahrstuhlgeräusche drangen vom Bauch des Gebäudes nach oben wie ein Magengrummeln, bis sie mit einem mechanischen Ruck verhallten. Kurze Zeit später klingelte es an Edda Hoppes Wohnungstür. Der Mann mit dem Overall und der Tasche stand im Türrahmen und stellte sich vor.

»Tach, Lehmann mein Name. Ich bin der Glaser.«

Edda begrüßte ihn mit einem schmalen Lächeln und einem verstörten Blick auf seine Arbeitsschuhe.

»Ich möchte Sie höflich bitten, ihre Schuhe auszuziehen, bevor Sie meine Wohnung betreten. Ich stelle Ihnen gerne Hausschuhe zur Verfügung.«

Der Mann lächelte gequält.

»Gute Frau. Ham Se schon mal etwas von ner Berufsgenossenschaft gehört?«, und dann in Edda Hoppes irritierten Gesichtsausdruck hinein: »Det sind Sicherheitsschuhe, die darf ich gar nich ausziehn. Wegen Arbeitsunfälle und so, wissen se. Det tut mir leid.«

Edda nickte kurz und bat den Mann, er möge bitte vor der Wohnungstür einen Moment innehalten.

»Sie entschuldigen bitte. In diesem Falle muss ich zuerst einige Vorkehrungen treffen.«

Der Mann blieb wie angewurzelt stehen, während sich Edda ins Innere ihrer Wohnung zurückzog.

Am Ende des Flurs öffnete sie die Türen einer kleinen Anrichte und griff nach einem guten Dutzend Handtücher, die auf Kante gestapelt im Regal lagen. Mit diesen Handtüchern bewaffnet ging sie zur Wohnungstür zurück. Fein säuberlich legte sie nun Handtuch für Handtuch eine Spur durch den Flur bis zu ihrem Wohnzimmer auf dem Teppichboden aus. Im Wohnzimmer von der Tür bis zu ihrer beschädigten Vitrine, um die herum sie die restlichen Handtücher verteilte.

Danach wies sie den Handwerker an, akribisch dieser Spur zu folgen.

»Bitte heben Sie beim Gehen ihre Füße, sonst besteht Stolpergefahr und außerdem könnten meine Handtücher verrutschen und Teile meines Parketts ramponiert werden.«

4. Tag

Edda Hoppe und ihre Tochter Karin stiegen aus einem dunkelblauen SUV und gingen leichten Schrittes in Richtung des Friedhofeinganges. Der Regen hatte in der Nacht endlich aufgehört. Es ging ein leichter Wind. Karin hielt einen Strauß Blumen in einer standfesten Plastikvase. Edda umklammerte mit der rechten Hand ihre Handtasche. Die Urnengräber lagen auf einer Anhöhe, die von einem gusseisernen fünf Meter hohen Kreuz markiert wurde. Eine Treppe führte zu den Steinwänden, in denen die Urnen eingelassen waren. Das Ensemble erinnerte an Bienenwaben: Fünfzig kleine Kammern pro Wand, jede Kammer beschriftet mit dem Namen, dem Geburts- und Sterbedatum des Toten. Vor der Wand konnte man jegliche Art von Blumengebinden abstellen: kleine und mittlere Kränze, Pflanzschalen, Blumensträuße in Vasen und so weiter. Vier Urnenwände spiegelten sich gegenseitig – erstarrte, augenlose Monumente umgrenzt von hohen blattlosen Bäumen.

Edda begann zu weinen, als Karin die Vase abstellte und ihre Hände wie zum Gebet faltete. Sie hatte den Kopf gesenkt, ein Windhauch streifte sie wie ein flüchtiger Kuss.

Oskar, ihr toter Mann, wusste nicht wo er sich befand. Er wollte zu Lebzeiten sein geliebtes Stralsund niemals verlassen. Aber Karin wollte ihre alte Mutter nicht allein zurücklassen. Sie hatte ihrem Vater versprochen, sich um sie zu kümmern. Die Mutter, die das Sterben ihres Mannes bis zuletzt nicht realisierte – eine Weltmeisterin im Verdrängen von Tatsachen. Dass eine Lungenentzündung für einen Vierundachtzigjährigen lebensbedrohlich sein konnte, wollte sie nicht wahrhaben. Im Krankenhaus besuchte sie ihn sporadisch, zuletzt eine Woche vor seinem Tod. Sie hatte mit seiner baldigen Entlassung gerechnet, obwohl er immer schwächer wurde und es augenscheinlich war, dass er es nicht schaffen würde. Auf diese Weise verlassen zu werden, stand nicht auf ihrem Plan. Alles ereignete sich zufällig, war da und wieder vorbei wie Landschaften in einem fahrenden Zug.

Edda hielt den Kopf gesenkt. Dass sie sich nicht gebührend von Oskar hatte verabschieden können, beschäftigte sie. Besonders in unmittelbarer Konfrontation mit der Urnenwand. Deshalb setzte sie sich dieser Tortur möglichst selten aus. Viel zu selten, wie ihre Tochter Karin bemängelte. Eigentlich nur, wenn sie von ihrer Tochter aufgefordert wurde, obwohl der Friedhof nur wenige hundert Meter von ihrer Wohnung entfernt lag.

Nur wenn Karin unangemeldet vorbei kam, konnte sie nicht mehr kneifen. Ihre Tochter akzeptierte keine Ausflüchte, keine Kopfschmerzen, oder sonstige Wehwehchen, wie heute Morgen, als sie bei ihrer Mutter in der Tür stand, sich nach deren Befinden erkundigte und Edda sich vielsagend an die Stirn fasste.

»Nimm ein Aspirin und zieh dich an. Wir wollen Vater besuchen.«

Die Mutter versuchte noch abzulenken, indem sie vom Glaser berichtete, der am vergangenen Tag eine Scheibe in der Vitrine ersetzt hatte.

»Stell Dir vor. Heutzutage verwendet man nicht mal mehr Kit, um eine Scheibe einzusetzen, sondern Klebstoff. Ja, die Scheibe wurde nur mit einem Spezialmittel geklebt, und dafür musste dieser Handwerker diese schrecklichen Schuhe tragen. Ich verstehe die Welt nicht mehr.«

Karin schaute provozierend auf ihre Armbanduhr und Edda blieb nichts anders übrig, als nach ihrer Handtasche zu greifen und den Wohnungsschlüssel vom Haken zu nehmen.

5. Tag

Das Wohnzimmer: ein Rückzugsort nach getaner Hausarbeit. Aufgaben die jeden Tag erledigt werden mussten: Saugen, Staubwischen, Aufräumen und Geschirr sortieren – jeden Tag einen Regalboden oder eine Schublade. Die Arbeit war ein Zeitfresser und das war gut so. Die Stunden des Tages, die Minuten, selbst die Sekunden mussten bewältigt werden. Es war wie der langsame Aufstieg auf den Gipfel eines Berges. Langsam, langsam, mit Bedacht. Das Gipfelkreuz war der Ohrensessel – das Ziel – dort herrschten die Genugtuung und die Einsamkeit. Es war frostig auf dem Dach der Welt, unwirtlich. Starke Winde trübten die Aussicht und die Augen begannen zu tränen. Die Zeit.

Das Alleinsein kam nach dem Tod ihres Mannes Oskar wie ein schleichender Bote, der sich immer mehr in Eddas Dasein behauptete. Allein, nach fünfzig Jahren Zweisamkeit. Nach fünfzig Jahren Vorhölle, wie es ihre beiden Töchter manchmal bezeichneten.

Ja, es gab Geschehnisse, die aus den verschiedenen Perspektiven der beteiligten Personen unterschiedlich beurteilt wurden. Was spielte das alles für eine Rolle, nachdem die Gemeinsamkeit ihr natürliches Ende fand, der Partner das sinkende Schiff verlassen hatte – das sinkende, selbst von den Ratten verlassene Schiff?

Diese sarkastische Sicht ihrer Töchter empörte Edda. In dieser Situation begann sie, ihr bisheriges Leben zu verteidigen, manchmal in der imaginären Anwesenheit ihres Mannes, als wäre er nach dem Essen auf dem Sofa eingenickt. Und sie glaubte, ihn nur wachrütteln zu müssen mit ihren Vorwürfen: Er solle sich äußern, solle Position beziehen, seine Eigenheiten, seine Schrulligkeit, sein Wegducken, seine Feigheit eingestehen, der Zauderer. Er möge endlich mit diesem stummen Herumeiern aufhören.

Auf der anderen Seite erinnerte sie sich an seine Wutausbrüche, wenn er gefordert wurde, herausgefordert, beim Schuhe putzen zum Beispiel, einer Tätigkeit, der er nur mit Widerwillen nachkam. Er möge seinen Jähzorn mäßigen und diese schreckliche Musik, diesen Jazz, diesen Swing, diese Negermusik abstellen oder zumindest leiser drehen, schrie sie in das leere Sofa hinein.

Oskar hatte ihr niemals erklärt, wie der Schallplattenspieler, später der CD-Player und der DVD-Player funktionierten. Harry musste ihr die Arbeitsschritte an den jeweiligen Geräten immer wieder erklären, die Funktionstasten erläutern. Jetzt in ihrem Ohrensessel griff sie nach einer Fernbedienung, die in einer kleinen Plastikhülle steckte, schaute auf die Tastatur und begriff nichts. Zu welchem Gerät gehörte diese Fernbedienung?

Verwirrend, nicht zu deuten, diese ganzen Tastenbezeichnungen in englischer Sprache. Für derlei Dinge war in ihrem Kopf kein Platz mehr. Dabei war sie Stenotypistin, konnte ausgezeichnet mit einer Schreibmaschine umgehen, aber diese Hieroglyphen waren zu viel für sie.

Sie griff nach dem Telefon auf der Anrichte und wählte die Nummer ihrer Tochter, die sich sofort meldete:

»Hallo!«

»Es tut mir leid. Ich brauche Harrys Hilfe.«

»Worum geht's denn Mutti?«

»Ich komme mit den Fernbedienungen nicht klar.«

»Aber Harry hat dir doch neulich erst alles erklärt. Du hast Dir einen Zettel geschrieben.«

»Was für einen Zettel?«

»Harry hat dir die Begriffe auf den Tasten übersetzt.«

27

»Ich kann mich nicht erinnern.«

»In Ordnung. Ich sage Harry Bescheid. Er kommt dann bei dir vorbei. Bitte achte darauf, dass du den Zettel nicht wieder verlegst.«

6. Tag

Eddas Mutter Elisabeth war eine Frühver-
sehrte. Als Kind musste sie monatelang das
Bett hüten, weil ihr Vater die Nerven verlor
und sie zum Krüppel schlug. Zu dieser Zeit
galt die körperliche Züchtigung noch als akzeptierte Erziehungsmethode, bestimmte
den Alltag eines Kinderdaseins – frei nach
der Devise: Zucht und Ordnung. Immerhin
gehörte Eddas Großvater zu den Erwachse-
nen, denen hinterher leid tat, was sie ihrem
Kind angetan hatten. Er machte sich Zeit seines Lebens Vorwürfe und nahm die Schuld
mit ins Grab.

Seither legte sich ein Schatten auf die Familie. Ein Schatten, der niemals wieder verschwand. Es ging so weit, dass Elisabeth diesen Schatten mit sich nahm wie einen
imaginären Freund, der sich nicht abschüt-
teln ließ. Er begleitete sie durch ihre Jugend,
durch ihr junges Erwachsenendasein, folgte
ihr in ihre erste Ehe. Selbst als sie ihre beiden
Mädchen gebar, lief der Schatten immer hinter ihr her. Letztendlich blieb er ihr treu bis
zu ihrem Tod.

Das Leben mit dem Schatten forderte seinen
Tribut: Für Edda, ihre älteste Tochter war
dieser Schatten Zeit ihres Lebens unsichtbar,

und dennoch, tief in ihrem Innern wusste sie, dass er existierte. Vielleicht nicht als Schatten aber als eine Art Begleiterscheinung, die wie eine unsichtbare Wand zwischen ihr und ihrer Mutter stand. Am deutlichsten war dieser Umstand in ihrer letzten gemeinsamen Zeit spürbar.

Elisabeth wurde im hohen Alter bettlägerig, und musste gepflegt werden. Eine Aufgabe, die Edda übernahm und die täglich eine Vielzahl von eingespielten Ritualen enthielt, die Edda mit Präzision und Sorgfalt aber ohne spürbare Empathie ausführte.

Da war die tägliche Pflege: das Waschen, das Umbetten, und Einsalben, die Beseitigung der Notdurft, die Körperreinigung, das Saubermachen der Räumlichkeiten, die Essenszubereitung. Da waren die Einkäufe, die erledigt werden mussten. Da war Elizabeths Knausrigkeit, das genau abgezählte Geld für die Lebensmittel.

Die greise Elisabeth machte die klaren, unverrückbaren Vorgaben und war nicht bereit, über das vom Staat genehmigte Pflegegeld hinaus, finanzielle Zuwendungen zu machen.

Da war er wieder, der Schatten. Der Ballast, der mitgeschleppt werden musste, und der wie ein Virus die gesamte Familie befiel. Das schleichende Gift.

Edda wusste, dass viel Unausgesprochenes in der Luft lag. Aber wie sollte man etwas aussprechen, das sich so nebulös, so unklar, so unfassbar zeigte. Also verpflichtete man das Schweigen und machte es zu seinem täglichen Begleiter.

7. Tag

Harry hatte sich mühselig aus seinem Hausanzug geschält und seine Straßenklamotten angezogen. Er stand in der Küche und nahm sich ein Glas Wasser. Karin, seine Frau, stand ungeduldig im Türrahmen.

»Ich bin ja schon weg.«

»Du weißt doch, dass sie nicht warten kann.« Harry nahm einen kräftigen Schluck von seinem Wasser.

»Ich war erst gestern bei ihr und habe mich um ihren CD- und DVD-Player gekümmert, und das nicht zum ersten Mal.«

»Du kennst doch deine Schwiegermutter.«

»Seit sie hier ist, dreht sich alles nur noch um sie. Ist dir schon mal aufgefallen, wie viel Zeit du mit ihr verbringst, in ihrer Wohnung, beim Einkaufen und ich weiß nicht bei was sonst noch allem.«

»Ich habe meinem Vater auf dem Sterbebett versprochen, mich um sie zu kümmern.«

»Aber du übertreibst es. Du kennst kein Maß, weil du einer maßlosen Familie entstammst.«

Karin hatte plötzlich Tränen in den Augen.

»Warum bist du so gemein. Sie hat ihren Mann verloren, ist aus ihrer Heimatstadt hierher gezogen, hat alles aufgegeben. Weißt du, wie schwer sowas ist? Ich glaube nicht, dass du in der Lage bist, dir das auch nur im Geringsten vorzustellen.«

Harry stellte sein Glas hart auf die Arbeitsplatte.

»Ich weiß nur, dass dabei unsere Ehe langsam aber sicher vor die Hunde geht.«

Jetzt trat ein gefährliches Funkeln in Karins Augen, während ihr Körper unter dem Türrahmen immer mehr erstarrte.

»Du machst doch schon seit Jahren dein Ding und kümmerst dich um tausend andere Sachen, nur nicht um mich. Also hör auf, hier so blöd rumzulabern. Ich kann es nicht glauben, dass du wegen eines Bilderrahmens, den du anbringen sollst, dieses Theater aufführst.«

Harry stürmte an ihr vorbei. Im Flur zog er sich ächzend seine Schuhe an.

»Du wirst schon sehen, was du davon hast.«

Er ging ein paar Schritte und sein Herz begann, sich zu beruhigen, sobald er ins Freie trat. Es war, als würde ein Motor gedrosselt. Er atmete noch ein paar Mal tief durch und machte sich auf den Weg.

An der nächsten Kreuzung sah er den Wohnblock, in dem seine Schwiegermutter wohnte, und er sah sie auf dem Balkon stehen. Sie trug ihre bunte Kittelschürze und winkte ihm erwartungsvoll entgegen.

8. Tag

Edda hatte das Bild bei einem Rundgang in ihrem Keller entdeckt. Es stand hinter dem Stahlschrank, den ihr Harry kurz nach ihrem Einzug aufgebaut hatte. Es war ein großformatiges Bild, das sie sehr mochte. Eine Reproduktion, die ihr verstorbener Mann Oskar und sie im Ostpreußischen Landesmuseum in Lüneburg entdeckt hatten. Soweit sie sich erinnerte, war das im Rahmen einer organisierten Bustour durch die Lüneburger Heide. Zuerst gingen sie ziellos durch die historische Altstadt, fast harmonisch, was an sich schon etwas Besonderes war. Plötzlich standen sie vor dem Museumseingang und ein heißes Gefühl stieg in Edda auf, ein Gefühl des Zornes, als sie bemerkte, wo sie gelandet waren.

Ostpreußen war ein Reizwort, etwas das zwischen Oskar und ihr stand wie ein Monument. Oskar war in Königsberg aufgewachsen, hatte als Junge in der Stadt gewohnt und die Flucht aus Ostpreußen und Pommern erlebt. Er war dadurch traumatisiert worden. Königsberg, Ostpreußen und die Flucht waren sein Lebensthema, das er bei jeder sich bietenden Gelegenheit aufgriff. Je älter er wurde, desto intensiver waren seine Bemühungen, davon zu berichten. Seine Erlebnisse. Seine jungen Jahre.

Das war für Edda unerträglich. Wenn sie darüber nachdachte, warum das so war, bekam sie keine Antwort. Die Vergangenheit war für sie wie ein abgestorbener Ast in ihrem Lebensbaum. Sie mochte nicht an diese Epoche ihres Lebens, die Kriegszeit, erinnert werden.

Ähnlich ging es ihr auch mit Filmen, die unangenehme Themen aufgriffen und sie als Zuschauer ratlos und irritiert, ohne den Trost eines Happy Ends, zurückließen. Sie mochte so etwas einfach nicht.

Warum sie sich dennoch überreden ließ, das Museum zu betreten, konnte sie im Nachhinein nicht mehr beantworten. Jedenfalls fanden sie im Museumsladen zwei schöne Reproduktionen ostpreußischer Maler. Eines dieser Werke hing zurzeit in einem rahmenlosen Bilderrahmen in ihrer Wohnstube und war ihr seit langem ein Dorn im Auge. Ihre Kinder hatten es bei der Einrichtung ausgewählt und aufgehängt. Natürlich wusste sie die Hilfe zu schätzen und wollte am Ende nicht als undankbare Person dastehen. So hatte sie sich monatelang mit dem Bild abgefunden: Ein Bild, das ein junges Paar unter wolkenverhangenem Himmel zeigte. Der

Mann trug einen Rucksack und drehte sich nach einem rauchgeschwärzten Hintergrund um, während die Frau mit Säcken und Decken behangen vorangeht: Ein Paar auf der Flucht. Ein Bild, das Oskar ausgewählt hatte, während ihr Stillleben *Obstschale mit Früchten* im Keller verstaubte.

Also rief sie Karin an, sie möge ihr Harry vorbeischicken, um die beiden Bilder zu tauschen.

Dass Harry nicht das richtige Werkzeug dabei hatte, lag nicht in ihrer Verantwortung.

Wegen der unterschiedlichen Größe der Bilder, musste ein zusätzliches Loch gebohrt werden. Und Harry hatte keine Bohrmaschine dabei.

9. Tag

Es klingelte an der Wohnungstür und Harry stand im Türrahmen.

»Auf ein Neues, Edda.«

Rechts hinter der Tür hatte Edda ein Handtuch ausgelegt. Harry wusste, dass er darauf seine Straßenschuhe stellen musste. In einer Plastiktüte, die um sein Handgelenk baumelte, hatte er seine Hausschuhe verpackt. Als er sich ächzend nach unten bückte, um seine Schuhe zu wechseln, ließ Edda sich zu der Bemerkung hinreißen, es wäre jetzt für ihn an der Zeit, über sein Gewicht nachzudenken.

»Das weiß ich selbst«, entgegnende Harry mit schroffem Unterton, nahm seinen Werkzeugkoffer und folgte Edda ins Wohnzimmer.

Das abgehängte Bild lehnte, mit einem Handtuch abgedeckt, an der Anbauwand. Auf der Rückenlehne der Couch lag ein altes Leintuch, das in seiner gesamten Breite bis zur Sitzfläche der Couch reichte. Harry sah sich fachmännisch im Raum um, als suche er für seine Aufgabe ein entscheidendes Utensil.

»Ich brauche ein Verlängerungskabel.«

Auf dem Weg in die Küche überlegte Edda,

ob sie Harry ein Bier anbieten sollte, verwarf den Gedanken aber gleich wieder. Das würde dazu führen, dass er sich häuslich niederlassen würde. Damit wäre eine gequälte Konversation unausweichlich, was angesichts einer gewissen Feindseligkeit, die ihr Schwiegersohn in der letzten Zeit an den Tag legte, keine gute Idee. Es war ihr unverständlich, dass er sich ihr gegenüber derart aufführte, wo er durch sie so viel Gutes erfahren hatte: Zum Beispiel eine stattliche Anzahl von Oskars Büchern – Werke über das historische Ostpreußen, über die Königsberger Stadtgeschichte, aber auch Knut Hamsuns *Segen der Erde* und *August Weltumsegler* und Ernest Hemingways *Inseln im Strom* waren dabei.

Als Edda mit dem Verlängerungskabel ins Wohnzimmer zurückkehrte, hielt Harry lächelnd seine Bohrmaschine in Schießhaltung, als wolle er das Gerät als Waffe gegen sie einsetzen.

»Na denn mal los.«

Er legte die Maschine aus der Hand und klappte seinen Zollstock auf. Edda reichte ihm schweigend die Wasserwaage und Harry markierte mit einem dicken Bleistift, den er aus den Untiefen seines Overalls hervor gezogen hatte, die Stelle der nächsten

Bohrung. Edda zupfte an dem Bettlaken herum, bevor Harry seine Maschine aufheulen ließ und feiner Staub vom rotierenden Bohrer auf das Laken fiel.

Edda stürzte in die Küche und holte ihren Handstaubsauger, während Harry den Dübel in die Wand einschlug.

Als Edda den Staub beseitigt hatte und Harry das neue Bild einhakte, fragte sie ihn, ob er Verwendung für das abgehängte Bild habe. Sie würde es ihm für die getane Arbeit gerne überlassen.

»Tut mir leid, ein zusätzliches Bild brauchen wir wirklich nicht.«

»Oskar hat das Bild geliebt.«

»Ich weiß.«

Harry räumte sein Werkzeug zusammen.

»Verstaust du das Bild dann für mich im Keller? Ich geb dir den Kellerschlüssel. Du kannst ihn mir nach getaner Arbeit in den Briefkasten werfen.«

Edda stellte das Bild in den Flur neben die Wohnungstür, während sich Harry seine Straßenschuhe anzog.

Wenig später steckte sie ihm einen Zehner in die Hand. Er bedankte sich freundlich und fragte, was Sie heute noch so vorhabe.

»Ich bin allein«, antwortete sie.

»Wann triffst du dich das nächste Mal mit Konrad?«

»Am Sonntag nach der Kirche.«

»Ist doch prima.«

Harry schnappte sich seine Utensilien, klemmte sich das Bild unter die Arme und verschwand.

10. Tag

Es war Nacht und der Mond starrte wie ein neugieriger Passant in Eddas Schlafzimmer. Nur eine dieser schlaflosen Nächte, dachte Edda und verfolgte die wechselnden Schatten an ihrer Zimmerwand. Ganz ruhig, fast in Zeitlupe, veränderten sie ihre Form. Waren sie vielleicht Vorboten? Rätselhafte Kuriere? Edda stellte Überlegungen an, aber sie konnte mögliche Botschaften weder erkennen noch entschlüsseln. Ihre Gedanken schweiften ab. Konrad spazierte in ihr Bewusstsein. Sie hatte ihn über eine Zeitungsannonce kennengelernt, die Karin für sie aufgegeben hatte – aus Mitleid mit ihr und ihrer Einsamkeit. Einen ganzen Abend lang hatten sie in Eddas Wohnstube gesessen auf der Suche nach passenden Formulierungen. Welche ihrer zahlreichen Eigenschaften gehörten in den Vordergrund ihres Profils? *Vielseitig interessierte, schlanke Mitachtzigerin sucht Gefährten für diverse Unternehmungen.* So lautete schließlich die Anzeige, auf die Konrad sich meldete.

Sie trafen sich in der Innenstadt an einem Regentag. Konrad zeigte bereits bei diesem ersten Treffen, wozu er in der Lage war. Er kam auf einem altersschwachen Fahrrad die Fußgängerzone herunter gepest, hielt sich mit der linken Hand am Lenker fest, während seine rechte Hand im Wind mit einem Regenschirm kämpfte.

Für Eddas Augen ein ungewöhnlicher Anblick. Mit Eleganz stieg er vom Fahrrad, ohne seinen Regenschirm aus der Hand zu nehmen. Erst im Stehen verwandelte sich der stattliche Schirm während des Zusammenklappens in einen Knirps. Konrad zog die Klemmen von seinen Hosenbeinen und musterte interessiert seine Umgebung, bis er Edda unter einem Regendach entdeckte.

Als er sie ansprach, zuckte sie für den Bruchteil einer Sekunde zusammen, als sei sie bei etwas Verbotenem erwischt worden. In diesem Moment hätte sie nicht sagen können, ob dieser Mann ihren Vorstellungen entsprach. Er war schlank bis zur Auszehrung, fast durchscheinend, im trüben Schimmer des verregneten Tages. Aber seine Stimme klang sympathisch, ein wenig säuselnd aber durchaus einnehmend.

»Es freut mich, Sie kennen zu lernen, Frau Hoppe?«

Edda nickte kurz und schaute an seinem Gesicht vorbei. Sie erinnerte sich, schon als junge Frau schüchtern gewesen zu sein. Konrad übernahm die Gesprächsführung.

Als sie später nebeneinander her spazierten, stellte sie nüchtern fest, dass er kleiner war als sie. Ein Minuspunkt.

Er steuerte eine Bäckerei mit Cafeteria an. Sie fanden einen Platz am Fenster, der ihnen einen Blick auf die belebte Fußgängerzone ermöglichte: »Ich beobachte gerne das Geschehen um mich herum«, sagte Konrad, bevor er seinen Mantel auszog. Draußen gingen Leute mit eingezogenen Köpfen vorbei, als könne sie diese Haltung vor dem Regen schützen. Andere hielten ihren Schirm zu tief, sodass ihre Köpfe wie abgeschnitten wirkten.

Bei Kaffee und Kuchen begann Konrad von seinem Leben zu erzählen. Er sei als Kind aus Pommern geflohen, mit seinen Eltern schließlich in dieser Stadt gelandet, hier aufgewachsen, hier zur Schule gegangen, bevor er eine Schneiderlehre absolvierte und in der Textilindustrie eine lebenslange Anstellung fand. Er sei seit fünf Jahren Witwer.

»Wie ist es Ihnen ergangen, liebe Edda?«

Konrad imponierte Edda, obwohl er seine Kleidung etwas vernachlässigte. Sein Jackett wies unschöne Flecken auf, eine Seitentasche war ausgefranst. Typisch Junggeselle, dachte sie. Aber wie akkurat er sein Haar frisiert hatte: mit Pomade oben und an der Seite geglättet. Das gefiel ihr. Ebenso seine achtzigjährige Körperlichkeit. Wie flink er von seinem Fahrrad gestiegen war. Wie er dieses Vehikel zu beherrschen schien, nötigte ihr Respekt ab.

»Ich habe niemals Fahrradfahren gelernt. Meine Mutter hatte es verboten. Sie erzählte uns Kindern immer, wie viele Verkehrsunfälle mit Rädern sich in einer Großstadt ereignen konnten. Ich habe auch niemals Schwimmen gelernt, war nicht in der Lage, mich ungezwungen im Wasser zu bewegen.«

Konrad schmunzelte: »War das die Antwort auf meine Frage?«

Edda war sichtlich irritiert: »Auf welche Frage?«

»Wie es Ihnen ergangen ist. In Ihrem Leben!?«

»Einmal wäre ich fast ertrunken, weil ich als junge Mutter auf einer Luftmatratze ins offene Meer getrieben bin.«

»Nun ja«, sagte Konrad.

Dann betete sie Eckdaten ihrer Biografie herunter, weil sie in Gegenwart dieses Mannes nervös wurde, ein gewisses, wohliges Kribbeln verspürte.

Aber Konrad war, wie sich später herausstellte, ein vielbeschäftigter Mann. In seiner

Kirchengemeinde als Kirchendiener engagiert und darüber hinaus als Mädchen für alles gefordert, blieben für Eddas Belange nur kleine Zeitfenster. Alles in allem kein Partner, der immer da war, wenn man ihn brauchte. Und Edda war jemand, der ständig einen Menschen brauchte, der um sie herumschwirrte wie Bienen um ein Glas Honig.

11. Tag

Edda saß auf der Couch, die Hände im Schoss gefaltet. Sie hatte eine Tablette genommen, um den ständigen dumpfen Kopfschmerz, der sie seit Tagen quälte, unter Kontrolle zu bekommen. Sie saß da und lauschte dem Ticken ihrer Wanduhr. Die Uhr in ihrem Gehäuse, so schien es Edda, war wie ein eingeschlossenes Leben, das vergebens versucht, sich bemerkbar zu machen, sich aus seinem starren Gefängnis zu befreien. Edda saß wie angewurzelt und wartete. Sie hatte sich mit Konrad verabredet.

Als es an der Tür klingelte, löste sie sich aus ihrer Erstarrung und ging flinken Schrittes zur Wohnungstür. Konrad stand mit einem Blumenstrauß vor ihr. Sie begrüße ihn, indem sie einen schroffen Kuss auf seine Wange drückte und ihm seine Blumen abnahm.

Auf ihrer Anrichte stand eine Vase in der passenden Größe bereit, in die sie die Blumen steckte, während Konrad am gedeckten Kaffeetisch Platz nahm.

Edda war eine gute Gastgeberin. Auf dem Tisch standen allerlei Gebäck, Schokoladentäfelchen und Käsekuchen bereit.

»Ich werde dann mal Kaffee aufsetzen.«

Edda hantierte mit ihrer Kaffeedose und

Konrad ließ seinen Blick schweifen, bis er sich an dem Stillleben verhakte.

»Dieses Bild kenne ich ja noch gar nicht!?«

»Es stand lange Zeit im Keller. Ich hatte das Gefühl, etwas verändern zu müssen.«

»Warum?«

Edda kam mit einer gefüllten Glaskanne voller Kaffee an den Tisch und füllte die beiden dekorativen Becher, die auf dem grauen Tischset für sie wie Familienmitglieder wirkten.

»Ich dachte, du mochtest *Die flüchtenden Bauern* nicht.«

»Ich kann mich nicht erinnern, das Bild jemals kritisiert zu haben. Im Gegenteil, es gefiel mir. Die Farben, die Landschaft.«

»Wenn das so ist, kannst du es gerne mitnehmen. Es steht im Keller. Ich dachte, weil du auch ein Flüchtling bist...?!«

»Edda, ich war noch ein Kind damals. Ich habe fast mein ganzes Leben hier, in dieser Stadt verbracht. Mich quält keine Erinnerung an meine ursprüngliche Heimat.«

»Na gut, wollen wir Musik hören?«

»Gerne, was gibt es denn Schönes?«

»Die Amigos, wenn du gerne möchtest?«

»Wunderbar.«

Edda hatte sich den von Harry geschriebenen Zettel bereitgelegt und folgte nun dessen Instruktionen. Es funktionierte tatsächlich, wie sie mit sichtlichem Stolz feststellte. Sie nahm die Amigos-CD aus dem Regal und legte sie in die dafür vorgesehene Mulde des CD-Tellers. Ihr Player zog den Teller wie von Geisterhand ein, als sie die Playtaste bediente. Das ganze Prozedere sah schon ziemlich fachmännisch aus. Sie legte die CD-Hülle auf den Player und setzte sich zu Konrad auf die Couch.

»Nun wird es aber Zeit, sonst wird dein Kaffee noch kalt.«

Konrad nahm ein Kuchenstück vom Teller und führte es zum Mund.

Die Amigos legten mit Getöse los. Konrad zeigte mit dem Finger auf den Lautsprecher.

»Du musst die Lautstärke regeln.«

Edda sprang hoch und stürzte zur Anlage, um dort sekundenlang zu stutzen, weil sie nicht mehr wusste, mit welcher der beiden Fernbedienungen sie die Lautstärke regeln musste. *110 Karat* brüllten die Amigos.

»Betätige einfach einen von den großen Knöpfen dort«, rief Konrad und es klang wie von der anderen Seite des Ozeans. Edda bediente die Regler und tatsächlich wurde die Musik leiser.

»Oh je«, seufzte sie und nahm wieder auf der

Couch Platz. Sie legte sich ein Stück von dem Käsekuchen auf den Teller, dann setzte sie die Kaffetasse an den Mund, und nahm einen Schluck von dem noch heißen Getränk. Als sie die Tasse absetzte, bemerkte sie Konrads ausgestreckten Zeigefinger, der auf einen kaum sichtbaren Kuchenkrümel neben ihrem Teller zeigte. Der Krümel hatte sich wahrscheinlich während des Transportes zum Teller gelöst und lag nun verwaist und nutzlos auf dem Set.

»Oh, entschuldige vielmals«, entfuhr es Edda. Sie hatte Schweißtropfen auf ihrer Stirn. Mit einer ihrer Fingerkuppen nahm sie den Krümel auf und führte ihn zum Mund. Konrad fuhr seinen Zeigefinger wieder ein und schaute aus dem Fenster. Die Amigos trällerten *Die Sonne lacht dir ins Gesicht*.

»Ich habe nie gesagt, dass ich das Bild nicht mag. Ich mag den Blick aus deinem Wohnzimmerfenster hier nicht.«

»Warum?«

»Man kann von hier die Klinik sehen, in der meine Frau gestorben ist.«

»Ach, mein Gott.«

Edda hatte, seit Konrad sie in unregelmäßigen Abständen besuchen kam, alle Fotografien von Oskar entfernt, weil sie glaubte, Konrad könne sich an ihnen stören. Edda griff nach dem Kännchen mit Kaffeesahne und goss sich davon etwas in ihre Tasse. Die hellen Schlieren der Sahne tauchten wie kleine Wasserschlangen in die Flüssigkeit und sammelten sich auf dem Grund der Tasse. *In meinem Herz blühn rote Rosen,* sangen die Amigos.

»Schön, nicht wahr?«, sagte Konrad und Edda nickte zustimmend.

12. Tag

Edda ging ein Stück die Straße hinunter bis zu den Bahngleisen, die zu dem stillgelegten Bahnhof führten. Von dort hatte man einen schönen Blick auf den von Pappeln gesäumten Kanal. Sie erreichte den Sandweg und machte sich auf den Weg in Richtung Innenstadt. In dem Kanal stand das Wasser glatt wie eine Spiegelfläche. Edda steuerte eine Bank an, die zwischen zwei hohen Bäumen stand und ihr einen Ausblick auf die neue Einfamilienhaussiedlung auf der anderen Uferseite bot. Zwei Vögel lieferten sich einen kleinen Flugkampf. Einer der beiden Vögel hatte Beute im Schnabel. Von ihrer Position aus sah Edda genau in den Garten eines Hauses. Eine junge Frau betrat gerade die Terrasse und begutachtete ihre Blumenkübel, die im Halbkreis um sie herum standen. Es dauerte nicht lange, da näherte sich ihr von hinten ein Mann. Er schlang seine kräftigen Arme um die Schultern der Frau, und drückte sie fest an sich. Edda durchfuhr es. Diese Gesten, die so zufällig zu ihr herüberwehten wie ein sanfter Sommerwind, erinnerten sie an etwas, das sie schon lange vermisste, eine Ewigkeit vermisste.

Ja, es gab in ihrer frühen Kindheit Umarmungen, Liebkosungen. Das waren Gesten und Berührungen, die sie später ihrem Vater zuordnete, niemals ihrer Mutter, die keine Emotionen dieser Art zeigte, verschlossen war wie ein Fels. Also folgte nach dem Tod ihres Vaters eine emotionale Dürreperiode, die ihr ganzes weiteres Leben andauerte. Zuerst suchte sie wie ein nach Wasser gierender Mensch in der Wüste nach einem Ausweg, nach einer Oase. Flehenden Blickes suchte sie die Sanddünen und Steppen ab – bis zum Horizont. Irgendwann fand sie kleine Tümpel in der Einöde, kleine Wasserflächen, an denen sie ihren Durst stillen konnte. Aber, so musste sie für sich selbst feststellen, es war nie genug.

Es war eine Zeit des Mangels, auch als ihre Mutter erneut heiratete. Einen Mann, den Edda schon als Kind verabscheute, aber ihre Schwester, aus einem für sie unerfindlichen Grund, favorisierte.

Nein, dieser neue Mann hatte es nicht einfach mit Edda, auch weil er äußerlich nicht ihrem Vater ähnelte. Vielmehr sah er mit seiner dicken dunklen Hornbrille wie ein strenger Lehrer aus und benahm sich auch so.

Nein, keine Chance auf Wasser in der Wüste. Stattdessen Angst vor Bestrafungen. Das Lernen zu Hause nach der Schule konnte man nur als Tortur bezeichnen. Das Erlernen von Sprache und das Schreiben glichen einer Folter. Sie wusste genau, was passierte, wenn sie einen Fehler machte. Entweder gab es einen kräftigen Klaps auf den Hinterkopf oder der neue Vater zog an ihren Ohrläppchen, bis sie es vor Schmerz kaum aushielt. Dann stellte sie sich vor, dass dieser strenge, ihr immer fremd gebliebene Mann nur ein unheimlicher Besucher wäre, der im Augenblick zwar Angst und Schrecken verbreitete, aber irgendwann wieder verschwinden würde.

Oh nein, korrigierte Edda ihre Gedanken, jetzt wurde sie doch ein bisschen ungerecht ihren Eltern gegenüber. Die haben für sie und ihre Schwester getan, was sie konnten, wozu sie in der Lage waren: sie immer sauber gekleidet, ihnen regelmäßige Mahlzeiten angeboten. Alles in einer ordentlichen, aufgeräumten Umgebung.

Einer der beiden streitsüchtigen Vögel hatte sich auf der anderen Seite der Bank niedergelassen. Das Paar auf der anderen Uferseite war im Haus verschwunden.

In späteren Jahren, als sie ihre alte und kranke Mutter pflegte und wieder täglichen Umgang mit ihr hatte, brach alles wieder auf.

Die Kluft, die seit ihrer Kindheit bestand, öffnete sich und wurde zur unüberwindlichen Schlucht. Es war ein Gefühl, das sie verstummen ließ bis auf den täglichen Smalltalk, der unausweichlich blieb. Andererseits wurden paradoxerweise ihre Erwartungen an ihre Mutter immer höher. Wie eine Hoffnung, die zuletzt stirbt. Erwartungen, die auf ein einziges Wort fixiert schienen: Danke! Ja, sie wünschte sich von ihrer Mutter den festen Griff nach ihrer Hand. Eine nie gekannte Geste: *Danke, dass du dich um mich kümmerst, dass du mich umsorgst. Danke dafür.*

Edda, von ihren eigenen Gedanken gerührt, bemerkte erst spät, dass ihr Tränen die Wangen herunterliefen. Sie griff in ihrer Handtasche nach einem Taschentuch und wischte die Tränenspur vom Auge die Wange entlang bis zu den Mundwinkeln hinunter.
Später brachten ihre Töchter ihr bei, wie Umarmungen funktionieren. Ein langer Lernprozess.
Sie begann zu frösteln und stand auf. Beschloss, ihren Weg nicht weiter fortzusetzen. Ihre Tochter Karin hatte jetzt bestimmt ausgeschlafen. Sie musste unbedingt bei ihr anrufen, um einige Neuigkeiten zu berichten.

13. Tag

Ein Tag in der Wohnung. Die Routine der Hausarbeit: Das Abstauben, das Absaugen, das Wischen, das Sortieren, das Flicken, das Bügeln, das Glätten, das verstauen, das Aufräumen, das hantieren mit Geschirr, mit Töpfen. Das Öffnen einer großen Dose Spargelrahmsuppe. Das Schlürfen der Suppe in einer geräuschlosen Umgebung. Später, nach getaner Arbeit: Das Sitzen im Sessel, das Streicheln des kleinen Stofftieres auf ihrem Schoß.

Langsam strich ihre Hand über das seidene Fell, ganz zärtlich, ganz selbstvergessen. Sie schaute auf den Platz in der Anbauwand, wo Oskars Bücher einmal gestanden haben, die nun in Harrys Bücherregal Unterschlupf gefunden hatten. Er verstehe nicht, warum sie die ganzen Bücher loswerden wolle. Bücher seien Zeitfresser und Zeit habe sie ja nun wirklich mehr als genug, meinte Harry. Er wäre überzeugt, sie würde sich nicht mehr so langweilen, wenn sie ab und zu ein Buch in die Hand nehmen würde.

Das sei Oskars Welt gewesen, entgegnete sie. Eine Welt zu der sie niemals Zugang fand. Es gab ihrer Meinung nach doch einiges, was Männer von Frauen unterschied. Sie habe keine Zeit in ihrem Leben gehabt, um in Ruhe ein Buch zu lesen.

Es war die Ruhe, die sie nicht ertragen konnte, weil dieser Zustand automatisch zum Nachdenken führte, und das Nachdenken führte immer in eine Sackgasse.

Sie sah sich dabei selbst beim Häkeln von Tischdeckchen, während sie auf ihren Verehrer wartete. Den ersten Geliebten ihrer Jugend.

Alles an ihr war damals auf diesen Mann fixiert, wie eine Spinne auf ein Insekt. Verwoben in ihrer ureigenen, mysteriösen Welt. Sie hätte diese Welt niemals beschreiben können. Nein, dazu wäre Sie nicht in der Lage gewesen.

Sie nahm ihren Zustand wie eine Form von nebulösem Hintergrundgeraune wahr. Etwas, das sie ständig begleitete und nicht abzustellen war, was sie wie eine Richtschnur unbewusst leitete.

Dieser Weg wurde nur unterbrochen, wenn sie mit jemand anderem zusammen war. Dann bremste ihre Welt und kam zum Stillstand wie ein Elektronengehirn, dem für den Bruchteil einer Sekunde der Strom abgestellt worden war. Wie mit einem Scanner wurde die gegenüberstehende Person abgetastet und nach Übereinstimmungen gesucht. Gab es wenig Gleichartigkeit, wurde es gefährlich und nicht selten eskalierten solche Situationen. Es war wie das Aufeinanderprallen unterschiedlicher Welten, nicht zu vereinbarender Lebensentwürfe.

So brach für Edda in ihrer Jugend so manche Welt zusammen, erwies sich das Häkeln und gelegentliche Stricken als wenig beziehungsfördernd.

Auch zwischen Oskar und ihr kam es zu diesen Grabenkämpfen. Erbarmungslose Kämpfe, die das tägliche Mit- und Nebeneinander in ein Schlachtfeld verwandelten, aus dem niemals Sieger hervorgingen.

Edda schaute auf ihre Hände. Es waren keine Narben zu sehen, aber Edda wusste, dass die meisten Narben ohnehin unsichtbar waren.

So kamen ihre Gedanken auf den gestrigen Nachmittag und zu Konrads Vorschlag, dass es ratsam wäre, zusammenzuziehen, sich eine Wohnung und somit die Kosten zu teilen. Edda war zuerst von diesem Vorschlag überrascht und dann entzückt, ja nahezu verzaubert. Da war ein Mann, der mit ihr zusammenleben wollte und damit den harten Kern ihrer Einsamkeit aufbrechen konnte.

Sie wusste nämlich, was sie vermisste, was

ihr fehlte: Die Anwesenheit eines anderen Menschen! Das Bewusstsein, dass jemand ihr Leben mit ihr teilte. Auch schlimme Auseinandersetzungen gaben ihr paradoxerweise ein gewisses Maß an Geborgenheit. Auch das gegenseitige Voneinander-genervt-sein verströmte den Geruch von Balsam. Alles war besser als Alleinsein – das Zurückgeworfensein auf sich selbst.

Besonders in den Krisenzeiten ihrer Ehe hatte sie Wert auf das gemeinsame Zubettgehen gelegt. Das Ritual, wenn Sorgen und Konflikte wie abgelegte Kleidungsstücke im Raum lagen, fein drapiert auf Stühlen, die wie schlaflose Wächter im dunklen Raum standen. Dann lagen sie wie Geister nebeneinander, die den beruhigenden Atemzügen des anderen lauschten.

Nachdem Konrad sich gestern mit einem flüchtigen Kuss auf ihre Wangen von ihr verabschiedet hatte, kamen ihr erste Zweifel. Wie ein zarter Windstoß als Vorbote eines großen Sturmes.

Diese Zweifel waren immer noch vorhanden. Sie musste darüber unbedingt mit jemandem sprechen. Am besten mit ihrer Tochter. Edda streifte ihre Bewegungslosigkeit ab und griff zum Telefonhörer.

14. Tag

Karin stand vor der Wohnungstür ihrer Mutter. Sie hatten sich zu ihrem wöchentlichen Einkauf verabredet. Edda öffnete mit Hut und Mantel die Tür. Sie war eine pünktliche Frau und hatte bereits ihren Einkaufskorb und die Hausschlüssel in der Hand.

»Wir können sofort loslegen«, zischte sie ihrer Tochter entgegen.

»Immer mit der Ruhe. So schnell schießen die Preußen nicht. Darf ich erst mal deine Toilette benutzen?«

Widerwillig gab Edda den Weg frei.

»Du wohnst fünf Minuten von hier«, entfuhr es ihr mit einem spöttischen Lächeln.

»Ich habe heute Morgen, wie eigentlich sonst nie, Tee getrunken. Das führt bei mir zu Pinkelattacken.«

»Das kann ja heiter werden.«

»Da, wo wir hinwollen, gibt es auch Toiletten.«

»Wenn du fertig bist, vergiss bitte nicht, die Tür hinter dir zu schließen und den Toilettendeckel herunterzuklappen.«

»Selbstverständlich.«

Karin lenkte ihren SUV souverän durch den morgendlichen Straßenverkehr, den Blick schnurgerade auf die Straße gerichtet. Es galt, besonders umsichtig zu fahren, da viele Fahrradfahrer im Verkehrsfluss mitschwammen. Typisch für eine Kleinstadt an der Grenze zu den Niederlanden.

Edda saß still und mit zusammengekniffenen Lippen neben ihrer Tochter. Es beschlich sie die leise Furcht, dass sie die geladene Stimmung weiter aufzuheizen könnte, wenn sie jetzt das Wort an ihre Tochter richtete, obwohl sie sich keineswegs für die schlechte Stimmung verantwortlich fühlte.

Karin steuerte den Wagen auf den großen Parkplatz des Einkaufszentrums. Ein paar Skater kreuzten die Parkbuchten mit akrobatischen Aktionen und mit enormer Geschwindigkeit.

»Wir müssen aufpassen, dass wir den Jungs nicht in die Quere geraten.«

Karin ging um das Fahrzeug herum und öffnete ihrer Mutter die Beifahrertür.

»Diese Jungs haben hier gar nichts verloren. Das ist ein Parkplatz und kein Spielplatz«, schnarrte Edda.

Einer der Jungen flog in unmittelbarer Nähe an ihnen vorbei, einen halben Meter über dem Erdboden.

»Mein Gott«, entfuhr es Karin und sie ertappte sich bei dem Gedanken, wie es wohl wäre, dieser Junge zu sein. Frei und ungebunden und von unbändiger Körperlichkeit. »Eine Unverschämtheit«, schnarrte Edda, »man müsste die Polizei rufen.«

Die beiden Frauen näherten sich dem Häuschen mit den Einkaufswagen. Von den Skatern waren nunmehr die Geräusche zu hören, die ihre Räder verursachten, wenn sie auf den harten Asphalt prallten.

Im Markt empfing sie Musik: Entspannende Klavierakkorde, die man abends am offenen Kamin zu hören wünscht.

»Weißt du, was du alles benötigst?«

Edda zog einen Zettel aus ihrer Tasche.

»Nicht mehr als hier draufsteht«, sagte sie mit einem gewissen Stolz in der Stimme. Ihre Tochter Karin legte nämlich eine gewisse Hemmungslosigkeit an den Tag, wenn es ums Einkaufen ging. Und Edda hatte schon schlimme Vorahnungen, als sie sah, wie zielstrebig Karin aufs Kühlregal zusteuerte. Butter war im Angebot.

»Wie viel Packungen möchtest du haben?«

»Ich brauche höchstens zwei.«

»Mutti, die Butter ist im Angebot. So preisgünstig wie schon lange nicht mehr.«

»Ich brauche zwei Stück Butter. Das reicht mir.«

»Wie du meinst«, antwortete Karin schnippisch, »aber komm mir in der nächsten Woche nicht damit, dass du Butter brauchst.«

Karin stapelte zehn Packungen Butter in den Einkaufwagen.

»Du meine Güte«, entfuhr es Edda, »wer soll das alles essen?«

»Zerbrich dir nicht meinen Kopf.«

Karin gab dem Wagen einen gehörigen Schubs und es erschien Edda, als hätte er sich wieder in seine unsichtbare Spur begeben. In Richtung des nächsten Angebotsständers.

»Was soll denn das nun wieder? Ich möchte meinen Zettel abarbeiten«, schimpfte Edda.

»Wenn du so weitermachst, nehme ich dich nicht mehr zum Einkaufen mit.«

»Ich habe dich nicht darum gebeten, mich mitzunehmen. Ich dachte, wir würden gemeinsam einkaufen.«

»Na denn…!«

Karin lenkte wütend den Einkaufswagen in den nächsten Gang.

»Geht's endlich weiter?«, wetterte Edda.

»Ich dachte, du wolltest deinen Zettel abarbeiten.«

Eine Lautsprecherstimme säuselte die neuesten Angebote in den klimatisierten Raum und Karin erschien es plötzlich, als bewege sich alles in Zeitlupe. Ein Tanz der Menschen und ihrer Wagen und Körbe um ein imaginäres goldenes Kalb herum. Dann wieder Musik – diesmal Dixieland – und ihre Mutter, die mit spitzen Fingern in die engen Regalböden griff.

Eine Stunde später verstauten die beiden Frauen ihren Einkauf im Kofferraum. Die Skater waren verschwunden. Dafür ließ ein Vater mit seinem Jungen einen roten Drachen über dem Parkplatz steigen, der aufrecht im Wind stand.

»Das ist ja hier wie im Zirkus«, bemerkte Edda, während sich Karin nach dem Schließen der Kofferraumklappe eine Zigarette ansteckte.

»Du solltest endlich mit dem Rauchen aufhören. Es ist ungesund.«

»Sich permanent aufzuregen, ist auch nicht gesund.«

»Mit deiner Aufregung habe ich nichts zu tun.«

Karin inhalierte den Rauch tief in sich hinein.

»Das glaubst auch nur du.«

»Ich weiß, ich bin an allem schuld.«

Der Junge dirigierte seinen Drachen fachmännisch. Karin stellte sich vor, dieser Drachen zu sein. Pirouetten in der Luft zu drehen, sich von der Schnur zu befreien und einfach davon zu schweben.

»Ich verstehe nicht, wie du auf die Idee kommen konntest, mit Konrad zusammenzuziehen.«

Jetzt war es raus. Etwas das schon den ganzen Vormittag in Karin gärte, mitverantwortlich für ihre üble Laune war.

»Das war nicht meine Idee. Konrad meinte, so könnten wir eine Miete sparen.«

»Ich glaube, er sucht nur eine billige Haushälterin.«

Edda spitzte die Lippen.

Der Drachen des Jungen war im Begriff abzustürzen. Sein Vater griff nach der Schnur.

»Du weißt nicht, wie es sich anfühlt, alleine zu sein.«

»Du bist nicht alleine. Ich bin immer für dich da. Glaubst du im Ernst, Konrad hätte in Zukunft mehr Zeit für dich?«

»Ja, ich bin überzeugt davon.«

»Ihr könnt doch auch jetzt mehr Zeit miteinander verbringen.«

»Er mag den Blick aus meinem Wohnzimmerfenster nicht; möchte nicht auf das Krankenhaus schauen, in dem seine Frau gestorben ist.«

»Die meisten Menschen sterben in Krankenhäusern.«

Karin verdrehte die Augen, ließ ihre Zigarettenkippe auf den Boden fallen, und trat sie aus.

Der Junge schrie dem Drachen in der Luft etwas Unverständliches zu.

»Du gibst deine Eigenständigkeit auf, deine Freiheit. Ist dir das nicht klar? Außerdem kennst du den Mann kaum. Was passiert, wenn euer Experiment schiefgeht? «

»Dann ist es so«, antwortete Edda.

Karin schüttelte eine neue Zigarette aus der Packung.

»Du willst dich wohl mit Absicht umbringen!«, zeterte Edda.

Karin arbeitete als Krankenschwester in einem Alten- und Pflegeheim. Sie war jeden Tag mit Krankheit, Verfall und Tod konfrontiert.

»Ich mache mir Sorgen um dich, Mutter. Verstehst du das nicht?«

Edda machte einen überraschten Gesichtsausdruck:»Um mich brauchst du dir keine Sorgen zu machen.«

»Was wird sein, wenn du mal ein Pflegefall

wirst. Hier, in unmittelbarer Nähe, sind sämtliche Pflegeeinrichtungen der Stadt. Du besitzt ein ausreichend großes Badezimmer, rollstuhlgerecht.«

»Wieso bist du so überzeugt davon, dass ich ein Pflegefall werde? Ich bin fit, es geht mir gut. Pass lieber auf dich selbst auf. Wenn du so weiter rauchst, passiert dir selbst, was du mir prophezeist.«

Karin nahm einen tiefen Zug aus ihrer Zigarette. Das rotglimmende Ende sah wie eine Ampel im Alarmzustand aus.

Der Junge hatte genug. Er ließ lachend seinen Drachen abstürzen. Sein Vater lief dem flatternden Teil entgegen und fing es im Trudeln ab.

»Mach was du willst. Ich habe die Nase gestrichen voll«, sagte Karin und schnippte ihre Kippe weit von sich. Der Parkplatz füllte sich allmählich mit Fahrzeugen. Edda öffnete die Beifahrertür und setzte sich erwartungsvoll: »Dann können wir ja endlich unseren Einkauf nach Hause bringen.«

15. Tag

Karin betrieb Blumenpflege auf ihrer von Blumentöpfen umgrenzten Terrasse. Sie hatte ihre Nachtschicht beendet und am Vormittag einige schlaflose Stunden in ihrem abgedunkelten Schlafzimmer zugebracht. Gedankenkarussell.

Irgendwann, nachdem sie ihre Gießkanne aus der Hand gelegt hatte, beschloss sie, ihre Schwester in Stade anzurufen. Sie ging in die Küche, griff nach dem schnurlosen Telefon und blätterte das Telefonbuch durch. Sie sah in den kleinen gepflegten Garten hinaus, während sie dem Klingelton lauschte. Dann wurde der Hörer abgenommen. Eine Frauenstimme meldete sich.

»Hallo, Susanne? Ich bin es, Karin.«

»Na, das nenne ich eine Überraschung«, sagte die Stimme am anderen Ende der Leitung.

»Lange nichts mehr voneinander gehört, nicht wahr?«, antwortete Karin.

»Richtig. Warum eigentlich?«

»Ich war mit unserer Mutter beschäftigt. Bin es immer noch. Sie lässt mir kaum noch Luft zum Atmen.«

»Das glaube ich. Ist trotzdem kein Grund, sich so lange nicht bei mir zu melden. Für ein kurzes Gespräch ist immer Zeit.«

»Ja du hast ja Recht. Ich dachte, du wolltest nichts mehr mit mir zu tun haben.«

»Meine Güte…wir sind doch Schwestern. Ich war und bin sauer auf unsere Mutter, nicht auf dich.«

»Okay. Schwamm drüber. Unsere Mutter ist im Übrigen auch der Grund, warum ich dich anrufe.«

»Oje, hoffentlich nicht ausschließlich?«

»Natürlich nicht. Aber…weißt du, irgendwie dreht sie wieder am Teller.«

»Kann ich mir vorstellen. Was hat sie jetzt wieder auf den Slöpen?«

»Sie möchte gerne umziehen.«

»Was?«

Stille am anderen Ende der Leitung.

»Sie möchte mit Konrad zusammenziehen.«

»Wer bitte ist Konrad?«

»Ihr Freund oder ihr Lebensgefährte, wenn du so willst.«

Stille.

Eine Taube spazierte um Karins Pflanztöpfe herum, neugierig nach allen Seiten Ausschau haltend.

»Ich kann nicht glauben, was du mir eben erzählt hast. Nach allem was vorgefallen ist.«

»Richtig. Das sehe ich auch so.«

Karin hörte, wie am anderen Ende der Leitung ein Taschentuch benutzt wurde. Die Taube entfernte sich von den Töpfen und trippelte über den Rasen.

»Ich werde niemals vergessen, wie sie mit unserem Vater umgegangen ist. Gerade in der letzten Zeit im Krankenhaus. Die Marmelade, die ich für ihn mitgebracht hatte, und die ihrer Meinung nach so unnötig wie ein Kropf gewesen sei. Was für ein unsägliches Theater sie dort aufgeführt hat. Zum Abschied gab sie ihm die Hand, als wäre er ihr Steuerberater und nicht der Mann, mit dem sie fünfzig Jahre verheiratet war. Nein, das werde ich ihr nicht vergeben. Und jetzt hat sie einen neuen Mann und alles ist vergessen«, seufzte Susanne.

»Diesem Mann läuft sie regelrecht hinterher. Das ist eine andere Nummer als mit unserem Vater.«

»Das kann ich nicht glauben.«

»Sie ist regelrecht verwandelt, wenn er auf der Bildfläche erscheint.«

Die Taube startete vom Rasen zu einem kleinen Rundflug. Ihr dunkler Schatten zeichnete sich auf der sonnenbeschienenen Grasfläche ab.

»Dieser Mann berührt irgendetwas ihn ihr. Unseren Vater hat sie nie geliebt.«

»Diese Frau kann gar nicht lieben.«

»Ich glaube, sie hat gegeben, was sie geben konnte. Mehr war einfach nicht drin.«

Stille am anderen Ende der Leitung.

»Aber ich ärgere mich noch über etwas anderes«, sagte Karin.

»So?«

»Wir haben uns damals den Arsch aufgerissen, um ihr diese Wohnung zu besorgen, aus der sie mir nichts, dir nichts ausziehen möchte.«

»Ich weiß noch, wie wir Vater den Grundriss der Wohnung gezeigt haben. Das war zu der Zeit, als abzusehen war, dass er ein Pflegefall werden würde und sie nicht mehr in ihre alte Wohnung zurückkehren konnten.«

»Die war ja auch absolut nicht rollstuhlgerecht.«

»Wie gut er damals in der Reha mit diesem Rollstuhl umgehen konnte.«

»Ja, das war erstaunlich. Wie elegant er das Teil durch den Flur und in dem engen Fahrstuhl dirigierte. Im Aufenthaltsraum saß er dann über den Plan gebeugt und staunte über die Großzügigkeit der neuen Wohnung.«

»Ich glaube aber auch, es fiel ihm schwer, sein geliebtes Stralsund verlassen zu müssen.«

»Ja sicher, aber dazu ist es ja nicht mehr gekommen.«

Die Katze vom Nachbargrundstück hatte sich in der Zwischenzeit auf Karins Hof eingefunden. Sie benutzte den Garten oft als Durchgangsstation. Diesmal stoppte sie auf dem Rasen und spähte nach der Taube, die noch immer unter dem wolkenlosen Himmel kreiste.

»Nach Vaters Tod haben wir Mutter gefragt, ob sie trotzdem umziehen möchte und sie hat sofort zugestimmt. Nicht wahr?«

»Dann kam die ganze Organisation des Umzuges auf uns zu: Das Packen der bereit gestellten Kartons, das Aussortieren, das Säubern der alten Wohnung, die Terminabsprache mit der Wohnungsbaugesellschaft, das besenreine Übergeben der alten Wohnung. Hier vor Ort: das Ausräumen, das Möbelaufstellen. Harry hat seitdem Rückenprobleme. Also, lange Rede, kurzer Sinn: Für einen weiteren Umzug stehen wir nicht mehr zur Verfügung.«

Karin vernahm ein kurzes Schnaufen am anderen Ende der Leitung. Die Katze machte sich auf dem Rasen lang, dehnte ihren elastischen Körper bis zur Schmerzgrenze.

»Wir sind erst recht raus aus der Nummer. Mit Fred brauche ich darüber sowieso nicht zu sprechen. Der hat seine ganz eigene Meinung zu den Dingen.«

»Kann ich mir denken.«

Die Katze schaute provozierend zu Karin hinüber. So sah sie immer aus, bevor sie ihr Geschäft erledigen wollte. Karin sprang mit dem Telefonhörer in der Hand von ihrem Platz auf und rannte in Richtung der Katze. Das Tier lief fauchend davon.

»Entschuldige, ich musste erst mal eine räudige Katze vom Grundstück vertreiben.«

»Du Rabenmutter.«

In Susannes Stimme schien eine Spur Ungeduld mitzuschwingen: »Nun sag endlich, was du von mir erwartest!?«

»Ich möchte, dass du mit Mutter über ihren Umzug redest und versuchst, ihr den ganzen Unsinn auszureden.«

»Weißt du, was du da von mir verlangst?«

»Ja, das weiß ich. Aber du musst endlich versuchen, ihr gewisse Dinge zu vergeben. Dieser gegenwärtige Zustand macht dich unglücklich. Eines Tages wirst du bereuen, nicht mit ihr gesprochen zu haben.«

»Über den Umzug?«

»Nein, natürlich nicht. Aber über alles, was dir auf der Seele liegt. Das ist ein bleischweres Pfund.«

»Aber erst soll ich mit ihr über den Umzug

sprechen?«

»Ja. Ich weiß, dass sie auf dich hört. Viel mehr als auf mich.«

»Wie kommst du darauf?«

»Weil du ihr Liebling bist.«

»Haha.«

»Du kannst mir glauben.«

»Ich weiß nicht, ob ich über meinen Schatten springen kann. Das wäre nämlich ein verteufelt großer Sprung.«

»Versuch es, Schwesterherz.«

Jemand machte sich an der Gartenpforte zu schaffen. Es war Harry.

»Ich muss jetzt auflegen«, sagte Karin.

16. Tag

Susanne fuhr in die Sackgasse, an deren Ende sich ihre Wohnung befand in einem idyllisch gelegenen Zweifamilienhaus in Stade. Sie stellte den Wagen am Straßenrand ab, öffnete erschöpft den Briefkasten und sammelte fahrig die Post ein: allerlei Werbebroschüren, Flugblätter und eine Benachrichtigungskarte der Post. Sie nahm ihre Lesebrille aus der Handtasche. Der DHL-Mann hatte das für sie bestimmte Paket bei einem ihrer Nachbarn hinterlegt. Als sie den Namen las, stieg es heiß in ihr auf.

Schnellen Schrittes lief sie zur Wohnungstür, öffnete sie und rief den Namen ihres Mannes. Keine Reaktion. Wahrscheinlich steckt er wieder im Keller, dachte sie und überlegte, ob sie nicht erst mal eine Zigarette rauchen sollte, um sich zu beruhigen. Sie entschied sich dagegen, legte die Papiere und ihre Handtasche ab und stürmte in den Keller.

Fred, ihr weißbärtiger Mann war einige Jahre älter als sie und bereits im Ruhestand. Er hatte in einem der Kellerräume seine alte Eisenbahnanlage aufgebaut und sich seit einiger Zeit wieder intensiv mit ihr beschäftigt. Und nun stand Susanne plötzlich wie eine Vorsehung in der Tür. Er schreckte von seiner Arbeit auf:

»Oh, hallo Liebling, ich habe dich gar nicht kommen hören.«

»Du hast heute einiges nicht gehört. Nicht einmal den Postboten und der klingelt immer zweimal.«

Fred machte ein verdutztes Gesicht.

»Kann schon sein. Bin schon seit einigen Stunden hier unten beschäftigt.«

»Und dann vergisst du Gott und die Welt?«

»Was sind denn das für Töne. Welche Laus ist dir denn über die Leber gelaufen?«

»Tut mir leid, dass ich dich in deinem Wolkenkuckucksheim belästige.«

Erst jetzt bemerkte Fred, dass er noch eine Lokomotive in der Hand hielt.

»Moment, was ist los? Kannst du mich mal aufklären?«

»Es ist ein Paket für mich angekommen.«

Fred setzte die Lokomotive vorsichtig auf das Gleis.

»Na und?«

»Das Paket ist bei Dirk Meyer abgegeben worden.«

Fred machte ein ratloses Gesicht.

»Du begreifst wieder mal nichts!«

Fred ging ein paar Schritte auf die Tür zu, in der Susanne noch immer stand.

»Ich stelle mal wieder fest, dass du immer austickst, nachdem du mit deiner Mutter telefoniert hast.«

»Ich habe nicht mit meiner Mutter, sondern mit meiner Schwester telefoniert; und das war schon gestern.«

»Das ist kein großer Unterschied.«

Susanne wandte sich abrupt um und stürmte die Kellertreppe hinauf. Fast wäre sie dabei über Leo, ihren Hauskater, gestolpert, der ihr gerade gemütlich entgegen kam.

»Oh mein Gott«, schrie Susanne.

Einige Minuten später standen sich die beiden Eheleute in ihrer Küche gegenüber:

»Hör mir gut zu, und merke dir ein für alle Male. Ich bin nicht Oskar!!«

»Dann benimm dich auch nicht wie er.«

»Alle Männer sind gleich, nicht wahr? Wir sind alle Oskars!«

Jetzt huschte ein Lächeln über Susannes Gesicht:

»Mein Gott, die ganze Situation ist doch total bescheuert.«

»Da stimme ich dir zu. Also fangen wir noch mal von vorne an. Was ist das für eine Geschichte mit Dirk Meyer?«

»Ach, das ist doch der blöde Kerl, der Leo

erschießen wollte.«

Wie einem geheimen Befehl folgend, erschien der Kater in der Küchentür und strich um Freds Beine herum.

»Unseren faulen Leo?«

»Genau. Angeblich pinkelt der immer in die Sandkiste seiner Kinder. Wir sollen Leo im Haus behalten, sonst würde in absehbarer Zeit was Schlimmes passieren, prophezeite mir dieser Dirk. Und bei diesem Mann ist nun mein Paket gelandet. Kannst du dir vorstellen, wie ich mich fühle?«

Fred nickte kurz. Leo hatte sich in sein Körbchen zurückgezogen und mit seinem Putzritual begonnen.

»Am besten ich gehe mal rüber und kümmere mich um die Sache. Gib mir mal die Benachrichtigungskarte von der Post.«

Fred streckte seine Hand aus.

Zwei Stunden später war er wieder gut gelaunt zurück. Susanne saß mit einer gebrühten Tasse Tee am Küchentisch und Leo lag eingerollt im Katzentraumland. Mit einer triumphierenden Geste legte Fred ein kleines Päckchen auf den Tisch.

»Wo warst du denn so lange?«

»Ich habe mich mit Dirk Meyer unterhalten. Ist ein ganz netter Typ.«

»Das glaub ich jetzt nicht. Wie kommst du

denn darauf? Ich dachte schon, er erschießt dich.«

»Und du sitzt hier seelenruhig bei einer Tasse Tee?«

»Okay, war ein Scherz.«

Fred deutete auf das Päckchen: »Nun, wir haben uns über deine Zedernsamen aus Sibirien unterhalten. Er kauft auch bei diesem Importeur.«

»Ach nee… und die Geschichte mit Leo ist vergessen?«

»Er meint, du hättest ihn vermutlich auf dem falschen Fuß erwischt. Jedenfalls hat er eine Plane für die Sandkiste bestellt. Er sagt, so ein Tier hätte nun mal keinen Verstand, sondern nur Instinkte, und du sollst dir keinen Kopf machen. Außerdem sei er krank und da müsse man eben ein paar Abstriche machen.«

»Was hat er denn?«

»Burn out. Ist schon einige Monate zu Hause. War völlig down, konnte seiner Arbeit nicht mehr nachgehen. Hatte Panikattacken und so`n Zeug.«

Susanne setzte ihre Teetasse an den Mund.

»Der arme Kerl.«

»Ja, und über diese ganze Krankengeschichte kamen wir dann zu der biologischen Ernährung, den Zedernsamen, Mungobohnenkeimlingen und Brokkolisamen und so weiter.«

Susanne nahm einen kräftigen Schluck.

»Schön, dass er auch dahinter gekommen ist.«

»Er hat mir erzählt, dass er Hanf anbaut. Nur so für den Hausgebrauch. Hanf als Heilpflanze sozusagen.«

»Oh ho…!«

Fred nahm an der gegenüberliegenden Seite des Tisches Platz und beugte sich in konspirativer Haltung zu Susanne hinüber: »Ich habe ihm von Amsterdam erzählt. Von dem Coffeeshop, in dem wir damals gelandet sind. Von den riesigen Lautsprechern, aus denen diese betörenden Trommelklänge waberten, die uns regelrecht kirre machten und von dem guten Stoff, den wir damals geraucht haben.«

»Bist du verrückt?«

Freds Hand bewegte sich über die Tischkante nach unten und beförderte eine kleine, durchsichtige Tüte auf den Tisch.

»Das sei richtig guter Stoff, meinte Dirk.«

»Herr im Himmel.«

Susanne hielt sich wie erstarrt an ihrer Teetasse fest, als könnte diese sie vor dem Weltuntergang beschützen.

»Im Andenken an die schönen Zeiten. Er meinte, wir sollten den Stoff so schnell wie möglich testen und ihm dann Bescheid geben.«

»Ich weiß nicht, ob das so gut ist.«

17. Tag

Wieder so ein Tag, an dem Edda das Floß bestieg. Das Floß auf dem Fluss ihrer Einsamkeit. Nach getaner Hausarbeit trieb sie einfach gedankenverloren dahin. Sie hatte Karins Einladung zum Kaffee angenommen. Auch Konrad wollte kommen. Aber bis dahin waren es noch Stunden, die es zu bewältigen galt. Darum lag auf ihrem Couchtisch ein aufgeschlagenes Fotoalbum, in dem sie apathisch blätterte. Die Fotos darin sagten ihr nichts, gaben ihrem Geist keine Nahrung, waren nur Papier mit Figuren darauf. Obwohl ihr die Personen nicht gänzlich unbekannt erschienen. Ja, manchmal schimmerten Teile einer Biografie herauf. War dies auf der alten Schwarzweißaufnahme nicht die Mutter ihres Vaters? Mit dem großen Hut, der akkuraten Aufmachung? Eine korrekte Dame, die äußerst peinlich auf Sauberkeit bedacht war, eine Zigarre anzündete und dann den Rauch in die gute Stube blies, um Atmosphäre zu erzeugen. Und dort, ein paar Seiten weiter, ein Jugendbildnis ihres Mannes Oskar. Mein Gott, er war fast nicht zu erkennen. Wie wir uns im Laufe des Lebens verändern, dachte sie. Bis zur Unkenntlichkeit verändern. Sie wischte sich mit einem

Taschentuch eine Träne von der Wange und schaute zum Fenster hinaus. Langsam trieb ihr Floß dahin.

Edda erschien als erster Gast, pünktlich zu der Kaffeerunde. Karin umarmte sie kurz und Harry bellte seine Begrüßung aus der nahegelegenen Küche heraus. Er war dabei, Kaffee aufzusetzen.

Die Sonne brannte auf das Glasdach der Terrasse. Harry hatte ein kleines Sonnensegel unter dem Glas gespannt als Schutz vor den UV-Strahlen. Karin stellte ein Glas Wasser neben ihrer Mutter auf den Tisch: »Du musst viel trinken, auch wenn du keinen Durst hast.«

»Ich weiß.«

»Kommt Konrad auch noch?«

»Ja, ich habe ihm Bescheid gesagt.«

Konrad war noch für die Kirchengemeinde unterwegs. Aber er war sich ganz sicher, noch vorbeikommen zu können.

Langsam trudelten die anderen Gäste ein. Bekannte von Karin und Harry und eine Nachbarin. Harry brachte ein Tablett mit Kuchen auf den Tisch, Karin kam mit der Kaffeekanne hinterher. Harry verschwand im Innern des Hauses und tauchte wenig später in einer Geräuschwolke wieder auf.

»Ah, Bruce Springsteen«, schrie die Nachbarin.

Edda hörte nur Krach, ohrenbetäubenden Lärm wie einstürzende Gebäude und bestieg wieder ihr imaginäres Floß.

»Weißt du noch?«, zwinkerte Harry seiner Nachbarin zu und erntete dafür von Karin einen irritierten Blick. Harry kicherte verlegen: »Wir beide sind zusammen aufgewachsen. Tür an Tür, wenn ihr wisst, was ich meine?!«

»Wow…«, bemerkte der Bekannte von Karin, der aussah wie Rolf Zacher und tatsächlich Rolf hieß. Seine Begleiterin Margot kicherte vielsagend: »Jetzt kommt gleich *I'm on Fire*, wenn das die Orginalscheibe ist.«

»Auf jeden Fall. Ich sehe, du bist auch eine Springsteen-Kennerin«, antwortete Harry und setzte sich. Karin verdrehte genervt die Augen und Edda schien vor sich hin zu schlummern.

»Spielst du noch mit, Muttern«, schrie Harry quer über den Tisch. Edda schreckte auf und ihr Floß trieb ohne sie weiter. Sie verstand von dem Gespräch ohnehin nur Bahnhof. Worüber redeten die Menschen um sie herum? Das klang alles wie eine andere Sprache, zu der sie keinen Zugang fand. So war es immer häufiger in der letzten Zeit. Sie saß da, hörte, was die Menschen um sie herum sprachen und kapierte nichts. Als habe sich die Welt um sie herum geändert, ohne dass sie es bemerkt hatte. Als lebte sie in einer Art Raumkapsel. Ich bin vermutlich eine Außerirdische, dachte sie und eine Andeutung von Schmunzeln huschte über ihr Gesicht. Plötzlich erstarrte sie wie schockgefrorene Eiswürfel. Sie schaute verstohlen auf ihre Armbanduhr und zupfte dann über den Tisch hinweg an Karins Ärmel.

»Kann ich mal bei euch telefonieren?«, fragte sie schüchtern.

»Hast du dein Handy vergessen?«, konterte Karin.

»Liegt Zuhause auf der Anrichte.«

»Möchte mal wissen, warum wir uns die Mühe gemacht haben, es dir einzurichten.«

»Ich komme mit der Technik einfach nicht zurecht.«

Karin seufzte kurz und beugte sich zu ihrer Mutter: »Du willst doch nicht etwa Konrad anrufen?«

Edda versuchte ein angedeutetes Nicken.

»Es ist unerträglich!«

Edda stand auf:

»Was ist denn nun schon wieder?«

»Es ist unerträglich, wie du Konrad hinterherläufst.«

Edda stand auf und verzog sich in die dämmrige Küche. Wir sprechen nicht mehr dieselbe Sprache, dachte sie. Sie nahm sich eines der Papiertaschentücher, die auf dem Küchentisch lagen, schnäuzte hinein und kämpfte gegen die Tränen an, die in ihr aufzubranden schienen wie Gischt, die an Felswände prallt.

»*My Homtown*«, schrie Harry und irgendjemand stieß einen schrillen Pfiff aus. Wenig später begegnete Edda ihm in der Küche.

»Ich muss eine neue CD auflegen.«

Seine Worte klangen wie eine Entschuldigung. Als die ersten Töne von *Devils and Dust* erklangen, überreichte Harry Edda das schnurlose Telefon: »Kannst du damit umgehen?«

Edda nickte und griff nach dem Hörer. Sie gab Konrads Nummer ein. Das Freizeichen ertönte. Das Freizeichen ertönte im Abstand von wenigen Sekunden immer wieder, doch der Hörer auf der anderen Seite wurde nicht abgenommen. Edda nahm das Telefon vom Ohr und ließ ihren Arm sinken. Sie fühlte sich, als habe sie den Draht zu der ihr bekannten Welt endgültig verloren.

All the Way Home sang Springsteen und von der Terrasse klang Gelächter herüber. Sie nahm das zerknüllte Papiertaschentuch und ging zu den anderen zurück.

»Hörst du heute noch Springsteen?«, fragte Harry in Margots Richtung.

»Auf jeden Fall.«

In diesem Moment öffnete sich die Gartenpforte und Konrad erschien. Eddas Gesichtszüge entspannten sich sofort und ein scheues Lächeln huschte über ihr Gesicht. Konrad trat an den Tisch heran und gab jedem Gast die Hand. Am Ende begrüßte er Edda mit Handschlag.

»Bekomme ich keinen Begrüßungskuss?«, flüsterte sie mit einer Mischung aus Empörung und Enttäuschung. Konrad lächelte verlegen, setzte sich neben Edda und drückte ihr einen unschuldigen Kuss auf die Wange. Diese Geste zauberte ein Strahlen in ihr Gesicht.

»Entschuldige die Verspätung. Ich kam einfach nicht weg. Der Pastor hatte einiges mit mir zu besprechen. Organisatorische Dinge.«

Edda griff nach seiner Hand und hielt sich daran fest. Karin reichte das Tablett mit Kuchen herum und bot erneut Kaffee an, während Springsteen sein *Maria's Bed* trällerte. Konrad schien einen Augenblick der Musik zu lauschen und sagte dann:

»Die Amigos sind auch schön oder die Flippers.«

Alle Anwesenden lachten und Edda drückte Konrads Hand fester und nickte ihm zu.

»Mit dieser Art von Musik können wir leider nicht dienen.«

In Harrys Stimme schwang eine Spur Süffisanz mit. Gelächter.

»Es muss ja nicht jeder Mensch deinen Musikgeschmack teilen«, gab Karin zu bedenken und die übrigen Gäste nickten zustimmend.

»Absolut richtig. Musik ist Musik. Eine Rose ist eine Rose«, antwortete Harry und reichte eine Zigarrenkiste in die Runde.

»Genau das Richtige nach getaner Arbeit.«

Rolf griff lachend in die Kiste und zauberte eine mittelgroße Corona ans Tageslicht.

In den nächsten zwei Stunden folgten anregende Gespräche aus der Lebenswelt der Gäste. Edda und Konrad hatten sich in ihren eigenen Kosmos zurückgezogen; flüsterten miteinander wie konspirative Agenten. Ab und zu wurde der Flüsterton durch Eddas gackerndes Lachen unterbrochen und dann schauten alle Anwesenden irritiert auf das alte Paar.

»Deine Mutter ist ja plötzlich so gut drauf«, bemerkte Rolf und die Nachbarin kicherte verlegen.

»Es gibt Leute, die können einem die richtige Injektion verpassen«, ergänzte Margot und schaute vielsagend ihre Kollegin Karin an, die über das Gesagte nur gequält lächelte.

Wenig später stand Konrad abrupt auf und verabschiedete sich. Es gäbe im Fernsehen ein Fußballspiel, das er nicht verpassen wollte. Eine wichtige Angelegenheit. Edda erstarrte augenblicklich zur Salzsäule. Alles Leben schien aus ihrem Körper zu weichen. Erschöpft trieb sie auf ihrem Floß dahin.

18. Tag

Die Autobahn A1 zwischen Bremen und Osnabrück: am Steuer ihres Wagens fühlte Susanne Müdigkeit in sich aufsteigen. Inmitten ihres wüsten Gedankenkarussells registrierte sie, dass sie unbedingt eine Pause einlegen musste. Am Rastplatz Wildeshausen scherte sie aus, fand gerade noch eine Parklücke und stellte ihr Fahrzeug ab. Der Rastplatz und die Gaststätte waren völlig überlaufen. Reisebusse entließen einen unaufhaltsamen Strom von Menschen, der sich über sämtliche Einrichtungen ergoss. Susanne schloss ihr Fahrzeug ab und bahnte sich einen Weg durch die Menge bis zur Gaststätte.

Am Selbstbedienungstresen nahm sie ein Tablett und eine große Kaffeetasse und reihte sich in die Schlange der Wartenden ein, nachdem sie zuvor ein Croissant aus einer gläsernen Schublade geangelt hatte. Während sie nach einem Platz Ausschau hielt, winkte ihr an einem Ecktisch ein älterer Mann zu. Er sah sympathisch, vertrauenerweckend aus. Susanne steuerte auf den Tisch zu. Als sie ihr Tablett auf der Tischplatte abstellte, wusste sie plötzlich, warum ihr der Mann gefiel. Er erinnerte sie an ihren Mann Fred: Diese Aura, der weiße Bart, die besonnenen Gesten.

»Das ist ja der reine Wahnsinn heute«, seufzte Susanne und setzte sich.

Der Mann riss beide Arme nach oben:

»Alle Vögel machen heute einen Ausflug.«
Er hatte einen Kaffeepott vor sich stehen und rührte mit einem kleinen Plastiklöffel in der trüben Flüssigkeit:

»Sind Sie auch auf dem Weg in den Urlaub?«
Susanne schüttelte den Kopf: »Ich bin auf dem Weg zu meiner Mutter. Die lebt an der niederländischen Grenze.«

»Schön. Flache Gegend. Ideal zum Fahrradfahren.«

»Wahrscheinlich. Aber ich fahre kein Fahrrad.«

Der Mann deutete auf das Gebäck neben Susannes Kaffeetasse: »Sie brauchen etwas Spitzes, sonst bekommen Sie die Verpackung nicht auf.«

Der Mann griff in seine Jacketttasche und brachte ein Taschenmesser zum Vorschein. Susanne bedankte sich, stach mit dem Messer in die Verpackung und ritzte sie auf.

»Vielen Dank.«

»Es ist immer wieder schön, nach Hause zu kommen, nicht wahr?«, sagte der Mann und nahm sein Taschenmesser wieder in Empfang.

»Eher nicht.«

»Haben Sie kein inniges Verhältnis zu ihrer Mutter?«

Susanne nahm einen Schluck Kaffee und zögerte den Bruchteil einer Sekunde:

»Ich hatte keine rosige Kindheit.«

»Wer hatte die schon.«

Susanne glaubte, so etwas wie Resignation in der Stimme des Mannes zu hören. Ein Leidensgenosse?

»Meine Schwester und ich hatten keinen Wohnungsschlüssel. Wir mussten uns nach der Schule stundenlang in der Gegend herumtreiben und warten, bis unsere Eltern von der Arbeit kamen. In zugigen Wartehallen, in Postämtern, bei einer Nachbarin... sonst wo.«

»Warum?«

»Ohne Aufsicht hätten wir ja die saubere Wohnung verwüsten können.«

»Ihre Eltern hatten kein Vertrauen?«

»Nein, kein Vertrauen«, antwortete Susanne und biss in ihr Gebäck. Es schmeckte staubtrocken. Sie verzog das Gesicht zu einer Grimasse:

»Wissen Sie, es gab eine Phase in meiner Kindheit, da beschäftigte ich mich mit Modellbau. Mit Häusern, die man auf Eisenbahnanlagen stellen kann. Irgendwann waren alle diese Häuser verschwunden, entsorgt, ebenso wie so manches kleine Haustier, das ich zeitweilig beherbergte: ein Kaninchen, ein Hamster, ein Kanarienvogel. Alles verschwunden. Entsorgt. Ich solle mich gefälligst um meine Schularbeiten kümmern, meinte meine Mutter.«

»Das ist nicht schön.«

Der Mann nippte an seinem Kaffee.

»Sie treffen den Nagel auf den Kopf. Das war nicht schön. Wir wurden außerdem ständig gemaßregelt. Wir wurden verprügelt. Mit achtzehn Jahren habe ich von meiner Mutter noch Ohrfeigen erhalten.«

Der Mann verzog sein Gesicht.

»Warum?«

»Ich habe meine Mutter als dumme Kuh beschimpft, weil sie ständig mit meinem Vater herummeckerte.«

Der Mann sah sie fragend an, als Susanne sich mit einem Taschentuch über die Augen wischte.

»Wissen Sie, ich weiß wirklich nicht, warum ich Ihnen das alles erzähle.«

»Das ist normal. Ich bin wie eine leere Wand für Sie. Eine Projektionsfläche, und ich kann Ihnen nicht gefährlich werden, weil ich sofort wieder aus ihrem Leben verschwinde.«

Susanne wollte schon widersprechen. Sie hob den Kopf, da redete der Mann bereits weiter:

»Stellen Sie sich eine Bar vor, vielleicht um Mitternacht. Ein einsamer Besucher setzt sich zu einem anderen Gast und erzählt ihm sein ganzes Leben. Er erzählt ihm mehr, als er seiner eigenen Frau jemals erzählen würde. Er offenbart sich. Glauben Sie mir, so was ist gar nicht so selten. Es ist eine Situation, in der man nicht verlieren kann. Es ist nichts… und alles.«

»Wow…«

Susanne nahm einen kräftigen Schluck Kaffee und schaute in die Runde. Das Lokal schien sich nicht zu leeren. Beständig war es diesem Strom von Menschen ausgesetzt, wurde förmlich von ihnen ausgehöhlt, wie Steine unter fließendem Wasser. Bei Susanne waren nun sämtliche Dämme gebrochen und sie erzählte dem fremden Mann alles, was ihr noch so einfiel aus ihrem Leben, aus ihrer Kindheit. Der Mann hörte aufmerksam zu. Er hatte auf seiner Untertasse einen Keks deponiert, von dem er ab und zu abbiss, während er gemächlich von seinem Kaffee trank. Die Brühe muss mittlerweile ja bereits kalt sein, dachte Susanne. Ihren eigenen Pott hatte sie schnell geleert, die Hälfte ihres Kuchens auf dem kleinen Teller zurückgelassen. Ab und zu während ihres Erzählflusses, starrte sie auf ihre leere Tasse und die bräunlich verfärbten Rückstände an deren Rändern, bis sich der Mann irgendwann mit einer Serviette den Mund abwischte.

»Wissen Sie, ich frage mich, nach all dem was Sie mir alles erzählt haben, warum in drei Teufels Namen besuchen Sie Ihre Mutter noch, nachdem Ihr Kontakt zu ihr doch bereits so gut wie abgebrochen ist?«

»Nun ja. Ich war vor einigen Tagen auf einem Trip. Ziemlich gutes Zeug, und sehr gefährlich. Ich hatte dabei so`ne Art Nahtoderlebnis. Danach war mir klar, dass ich meiner Mutter noch einige Fragen stellen musste.«

»Mein Gott, sowas gibt es noch!? In Ihrem Alter?«

Ein Grinsen huschte über das Gesicht des Mannes.

»Nun, wir hatten den Stoff von unserem Nachbarn erhalten. Wir haben uns gefreut. Es erinnerte uns an alte Zeiten, verstehen Sie?«

Der Mann nickte verständnisvoll.

»Wir lagen im Bett wie seit einer Ewigkeit nicht mehr und schauten auf die Rauchwolken über uns und um uns herum. Wir kicherten wie Teenager. Plötzlich überkam mich ein seltsames Gefühl. Ein Gefühl der Isolation. Ein einengendes Gefühl und langsam breitete sich Panik in mir aus. Ja, ich glaube, es war eine Panikattacke. Ich bekam plötzlich keine Luft mehr und mein Körper begann zu glühen, wurde heißer und heißer, als machte er sich bereit zum Explodieren und ich schrie und wimmerte. Dann kroch ich auf allen Vieren, wie Gott mich schuf, durch unser Schlafzimmer wie ein verwundetes, verstörtes Tier!«

»...und Ihr Partner?«

»Mein Mann. Er konnte mir nicht helfen. Lag auf dem Bett, starrte mit weit aufgerissenen Augen an die Decke und kicherte in einem fort.«

»Meine Güte...«

»Ich schleppte mich zu einem geöffneten Fenster und sog tief Luft ein. Ich war kurz vorm Ersticken und hatte dabei richtig Todesangst. Dachte mir, mein letztes Stündchen hätte geschlagen. Irgendwann muss ich dann glücklicherweise eingeschlafen sein.«

»Gott sei Dank.«

»Das kann man wohl sagen. Also, die Erkenntnis aus dieser Geschichte ist, wie fragil mein Dasein ist. Wie schnell alles zu Ende sein kann. Und das ist der Grund, warum ich jetzt zu meiner Mutter fahre. Ich habe den Eindruck, wir haben noch einiges miteinander zu besprechen. Wir müssen reden.«

»Das ist ein guter Entschluss.«

»Meine Güte. Jetzt habe ich Sie aber lange mit meinem Geschwätz aufgehalten!«

»Haben Sie nicht. Es war interessant, mit Ihnen zu plaudern.«

»Unter Plaudern verstehe ich aber etwas anderes. Ich habe doch die meiste Zeit geredet.«

»Alles gut.«

»Sie haben so etwas von einem Beichtvater.«

»Bin ich aber nicht.«

»Was machen Sie denn so?«

»Ich bin Schriftsteller.«

»Das glaube ich jetzt nicht.«

»Sie können mich googeln, wenn Sie wollen. Ich schreibe unter dem Namen A.D. Hartung.«

Sie griff in ihre Tasche, nach ihrem Handy, und fand es nicht:

»Ich muss es im Auto gelassen haben.«

»Das ist aber riskant«, sagte der Mann.

»Ja, das ist riskant. Wofür steht das A.D. in Ihrem Namen?«

»Glauben Sie mir, das wollen Sie nicht wissen.«

»O doch, ich bin neugierig. Sehr neugierig, Herr Hartung.«

»Ich schreibe unter einem Künstlernamen. Ich habe mir den Namen ausgedacht, wenn Sie so wollen.«

»Und was schreiben Sie so?«

»Hauptsächlich Kriminalromane. Sie spielen alle in einer bestimmten Region. Also Krimis im Heimatromangewand.«

»Cool. Wissen Sie, ich lese viel und habe erst kürzlich eine kleine Erzählung geschrieben.« Der Mann rührte mit seinem Plastiklöffel in dem leeren Becher herum.

»Um was geht es in ihrer Geschichte?«

»Ach, es ist etwas Persönliches. Ich wollte mir einfach ein paar Sachen von der Seele schreiben. Ich dachte es hilft mir, eine Art Therapie. Wenn Sie verstehen, was ich meine!?«

Danzig

Von Susanne Blume

Ich habe keine angenehmen Erinnerungen an diese Stadt. Das liegt nicht an der Stadt an sich, sondern an den Umständen meines Besuches. Mein Vater war auf einer gemeinsamen Urlaubsreise mit meiner Mutter und mir gestürzt und hatte sich dabei am vorletzten Tag unserer Reise den Oberschenkelhals gebrochen. Nun lag er in einem Krankenhaus an der Peripherie der Innenstadt, von der man wunderbar auf die Altstadt blicken konnte. Allein, dafür hatte ich keinen Blick. Ich machte mir Sorgen, ob er die anstehende Operation überleben würde. Er war seit jeher gesundheitlich angeschlagen, er trug einen Herzschrittmacher, hatte nur noch eine Niere, einen Lungenflügel seit einer TBC-Erkrankung usw.

Ich parkte mein Fahrzeug in der Nähe des hohen Tores. Meine Mutter saß wie versteinert auf dem Beifahrersitz. Schmallippig, mit starrem Blick, den sie auf einen fixen Punkt auf dem Straßenpflaster gerichtet hatte. Wir hatten uns den ganzen Weg von Malbork bis zur Stadtgrenze von Danzig gestritten. Das heißt, ich hatte ihr Egoismus und Herzenskälte vorgeworfen und sie hatte nur teilnahmslos mit dem Kopf geschüttelt. Sie war für mich, besonders in den letzten Jahren, ein Mensch aus Teflon, an dem jegliche Gefühlsregung abprallte. Nur wenn es um sie selbst ging, zeigte sie eine gewisse Form von Anteilnahme, wurde emotional.

Ich habe mich mein ganzes Leben an dieser Frau abgearbeitet, immer auf der Suche nach einem Kern, einem Zentrum, an dem ich mich orientieren konnte. Bewusst oder unbewusst, wie man so schön zu sagen pflegt.

Meine Mutter drehte ihren Kopf zu mir und fragte mich, ob sie unbedingt dabei sein müsse. Als ich sie mit einer Mischung aus Fassungslosigkeit und Unverständnis anschaute, ergänzte sie: Es wäre doch vielleicht ratsam, wegen der ganzen Aufregung und so...

Ich ging um mein Fahrzeug herum, öffnete die Beifahrertür und bat sie darum auszusteigen. Sie könne ja in einem der umliegenden, ruhigen Cafés auf mich warten. Hinter dem goldenen Tor hätte sie bestimmt Auswahl.

Nein, nein, so hätte sie es nicht gemeint. Sie wolle nur Rücksicht nehmen auf den Kranken. Vielleicht, dachte ich, nur den Bruchteil einer Sekunde, wäre es wirklich ein Fall von Rücksichtnahme, wenn der Kranke sie nicht sehen müsste, nicht ansehen müsste. Ich ging mit festem Schritt voraus und sie stolperte hinter mir her.

Als ich mich auf der Anhöhe umschaute, sah ich, wie die Sonne sich auf den Fensterscheiben des großen Zeughauses spiegelte. Ihre Strahlen reflektierten und schossen wie Lichtpfeile aus der Altstadt. Ganz im Schatten sah ich meine Mutter, wie sie mir entgegenkam, nach Luft schnappend.

Es gab eine Zeit, da litt ich an Depressionen, zumindest an einer Vorstufe davon. Ich konnte nachts nicht mehr schlafen, fühlte mich tagsüber ausgelaugt, erledigt. Eine Freundin riet mir zum Besuch eines Psychologen, und ich begann, ihm über meine Kindheit zu erzählen. Ich weiß nicht mehr, wie viele Sitzungen ich bei ihm hatte. Am Ende riet er mir, mich von meinen Eltern loszusagen. Sie seien die Wurzel allen Übels, meinte er. Ich empfand diese Aussage als Ungeheuerlichkeit. Als etwas, wozu ich emotional niemals in der Lage gewesen wäre. Gleichzeitig ahnte ich, dass er nicht ganz unrecht hatte. Immer, wenn es unangenehm wurde in meinen Leben, lief ich davon oder igelte mich ein. Es gab Zeiten, da traute ich mich buchstäblich nicht vor die Haustür. In einem genau abgezirkelten Bereich fühlte ich mich sicher, obwohl ich mich dieser Sicherheit immerzu vergewissern wollte. Aus diesem Grund wahrscheinlich entwickelte ich einen ausgeprägten Putz- und Ordnungswahn. Eigenschaften, die ich von meiner Mutter kannte. Nach getaner, anstrengender Arbeit hatte ich dann alles unter Kontrolle.

Dennoch konnte ich nicht entspannen, keine Ruhe finden. Immer, wenn ich versuchte mich auf die Couch zu legen, überfiel mich ein ganzkörperliches Kribbeln, ein störendes Wachsam-sein. Ich fühlte mich wie ein verstörtes Tier und draußen war die chaotische, unübersichtliche, bedrohliche Welt, die mir eine unglaubliche Angst einjagte.

Trotzdem sagte ich zu dem Psychologen, er möge sich zum Teufel scheren, wenn er keine anderen Ratschläge für mich hätte und zog mich in mein Schneckenhaus zurück.

Als wir im Krankenhaus ankamen, meinte die Ärztin in akzentfreiem Deutsch, dass es meinem Vater nach der Operation den Umständen entsprechend ganz gut ginge. Er befände sich noch im Aufwachraum. Wir sollten uns noch einen Moment gedulden und solange im Warteraum Platz nehmen. Meine Mutter versuchte den Anflug eines Lächelns. Vielleicht sollten wir auf dem Absatz kehrt machen? Für den Kranken sei vielleicht alles zu viel.

Der Fluchtinstinkt liegt in unserer Familie. Wenn es schwierig wird, brechen wir die Verhandlungen ab. Wir fürchten uns vor dem Eingemachten. Am liebsten operieren wir an der Oberfläche, dort, wo wir keinem wehtun müssen und auch selbst nicht verletzt werden. Ein offenes Wort, ein tiefer Schnitt löst eine Krise aus. Solange wir um den heißen Brei herumreden, ist alles in Ordnung. Ansonsten suchen wir die Schuld bei unserem Gegenüber, wer immer das auch sein mag. Ein Irgendwer, ein Arbeitskollege oder der Lebenspartner. Wir brauchen Packpferde, die unsere Lasten tragen, die unsere Schwächen ausbügeln. Nackt, ohne diese Krücken ertragen wir uns nicht. Wir sind nicht in der Lage, uns selbst zu lieben. Deshalb suchen wir eine Mitfahrgelegenheit, ein Gefährt, das den Namen Liebe trägt. Eine oftmals vergebliche Suche,

die ständig oder fast immer in Enttäuschung endet.

Ich ergriff die Hand meiner Mutter und
führte sie zu einem Stuhl neben einem geschlossenen Fenster, aus dem man auf die
Stadt sehen konnte. Die Sonne streichelte
jetzt den Turm des Rechtstädtischen Rat-
hauses.
Ich muss meinen Frieden finden. Frieden,
das weiß ich, findet man nur in der Vergebung. Vergebung ist schwer, wenn man in
das Gesicht einer verkniffenen alten Frau
blickt, die glaubt, sie hätte ihr ganzes bisheriges Leben vergeudet.
So erschien sie mir zumindest auf diesem
Stuhl im Wartezimmer, die Hände zuei-
nander geführt, während ihre beiden Dau-
men ratlos umeinander kreisten.
Als ich ihr zwei Tage zuvor die Nachricht
von Vaters Unfall überbracht hatte,
krümmte sich ihr Rücken und sie wimmerte, wie er ihr so etwas antun könne. Sie hätte genauso gut sagen können: Immer dieser
Ärger mit der unachtsamen Verwandt-
schaft. Immer diese unnötigen, unvorher-
sehbaren Laufereien und Unbequemlich-
keiten.
Eine halbe Stunde später standen wir vor

dem Krankenbett meines Vaters. Ich war gerührt von der Verletzlichkeit dieses alten Mannes und seiner Freude, uns zu sehen. Meine Mutter hielt Abstand, traute sich nicht an sein Bett heran, als schien sie sich zu weigern, diesen Ort der unmittelbaren Nähe des Todes zu betreten. Ich schubste sie an den Rand seines Bettes und schämte mich dabei meiner Tränen nicht.

Sie gab meinem Vater die Hand, als wäre er ein Fremder, ein zufällig verunfallter Finanzbeamter. Im Zimmer roch es nach Medikamenten und medizinischen Tinkturen. Ich ging zum Fenster und öffnete es.

Nein, Danzig ist mir nicht in angenehmer Erinnerung.

19. Tag

Susanne wischte sich mit dem Handrücken ein paar Krumen Schlaf aus den Augen und dachte über ihren Traum der vergangenen Nacht nach: Sie war in einem Landrover irgendwo in der Savanne in Afrika unterwegs. Ab und zu tauchten Tiere in ihrem Blickfeld auf: Giraffen, Gnus, Rinder, Antilopen, eben Tiere aus der Region, in der sie sich befand. Alles realistisch. Den Fahrer des Wagens allerdings konnte sie nicht identifizieren. Ein vages Gesicht, männlich, nur schemenhaft zu erkennen. Plötzlich tauchte auf dem staubigen Weg – eine Straße konnte man diesen Pfad nicht nennen – ein einzelnes Schaf auf. Das Schaf trottete in seiner typischen Art vor sich hin, leicht getrieben vom Motorengeräusch des Landrovers. Wie aus dem nichts erschienen zwei riesige Tatzen vor der Windschutzscheibe: Löwenpranken. Ein männlicher Löwe, der vom Dach des Jeeps über die Motorhaube nach vorne setzte, sich auf das Schaf stürzte und es im Flug zerfetzte. Ein Schwall Blut klatschte gegen die Windschutzscheibe und in diesem Moment schreckte Susanne schwer atmend aus dem Traum auf.

Was um alles in der Welt hatte dieser Traum

zu bedeuten?

Susanne drehte sich auf den Rücken und starrte zur Zimmerdecke hinauf. Gedanken wirbelten in ihrem Kopf herum wie Windstöße in einem Haufen Laub. Dann glaubte sie plötzlich die Metapher entschlüsselt zu haben: Sie war das Schaf im Maul des Löwen und der Löwe waren ihre Eltern bzw. ihre Mutter.

Sofort dachte sie an den Mann, A.D. Hartung, der dafür verantwortlich war, dass sie ihre Reise so lange unterbrochen hatte. Irgendwann während ihres Gespräches stieg der Verdacht in ihr auf, der Schriftsteller könnte das gesagte gegen sie, und ihre Familie verwenden. Sie an den Pranger stellen.

In der Zwischenzeit hatte sie jedoch so viel Vertrauen zu dem Mann gefasst, dass sie den Verdacht schließlich auch aussprach. A.D. lächelte milde und meinte, dass dies sicherlich wahrscheinlich wäre, aber in einer Form, in der sich die Protagonisten nur vage wiedererkennen würden. Außerdem ähnelten sich Familiensituationen. Das hieß, Familien unterschieden sich nicht wesentlich voneinander. Er könne zum Beispiel auch aus seiner eigenen Familie schöpfen, obwohl seine beiden Elternteile schon lange verstorben seien. Aber, auch dies sei eine Gewissheit, orientierten sich Schriftsteller zu großen Teilen an der Realität, sammelten Geschichten. Das Schreiben bilde das Leben ab, überhöhe es und verwandele es, überführe es in eine andere Dimension. Nach mehreren Pötten Kaffee verabschiedete Susanne sich mit Handschlag. Sie hatte dem Impuls, A.D. einfach zu umarmen, widerstanden.

Im Auto griff sie nach ihrem Handy im Handschuhfach und telefonierte mit ihrer Mutter, entschuldigte sich für die nicht unerhebliche Verspätung. Sie sei in einen Stau geraten, berichtete sie, was irgendwie auch der Wahrheit entsprach.

Als sie schließlich bei ihrer Mutter ankam, war es so spät, dass es kaum noch für ein Gespräch reichte. Dafür bot ihr Edda einen Cognac als Schlummertrunk an. Eigenartig war, dass sie ihre Mutter, von der etwas ungelenken Begrüßung abgesehen, anders wahrnahm. Weicher und verletzlicher erschien ihr die alte Frau, vielleicht auch trauriger. Ja, eine unsichtbare Trauer umgab sie.
Nach einem ausgiebigen, aber schnell absolvierten Frühstück ging es dann zur Sache. Nachdem der Geschirrspüler eingeräumt war, sagte Edda:

»Die Sache ist vom Tisch.«

Susanne machte ein verdutztes Gesicht:

»Welche Sache?«

»Ich werde nicht mit Konrad zusammenziehen, falls du danach fragen wolltest.«

»Aha, wie kommt's?«

Die beiden Frauen begaben sich zur Couch.

»Ich nehme an, Karin hat dich informiert. Sonst würdest du wohl kaum bei mir auf der Matte stehen.«

Susanne wusste nicht, was sie darauf antworten sollte und entschloss sich schließlich, die Wahrheit zu sagen.

»Ich war ganz schön sauer auf dich, nach der Beerdigung von Vater. Das fing beim Trauerredner an, der im Grunde außer ein paar biografischen Fakten nichts über Papa wusste. Das hieß im Umkehrschluss, dass du ihm über Oskar nichts aber auch gar nichts erzählen konntest. Unfassbar, nach fünfzig Jahren Ehe.«

Susanne versuchte, sich nicht in ihre Wut hineinzusteigern, relativ gelassen zu sprechen, sich nicht auf eine scharfe Konfrontation einzulassen.

Edda blickte sprachlos nach unten, schien sich mit dem Muster ihres Teppichs zu beschäftigen.

Dann meinte sie, das Thema wechselnd, sie habe sich überlegt, dass sie doch lieber alleine leben wollte. Die Sache mit Konrad erschien ihr zu vage, sie müsste sich von zu vielen liebgewonnenen Gegenständen trennen, von Möbelstücken, Accessoires. Erst jetzt bemerkte Susanne, dass Edda ein kleines Stofftier auf ihrem Schoß streichelte, einen kleinen Löwen mit niedlichen Knopfaugen.

»Allerdings«, so fuhr Edda fort, »möchte ich in eine andere Wohnung ziehen.«

»Warum denn das?«

»Die Wohnung ist mir einfach zu groß.«

»Sie ist rollstuhlgerecht.«

»Ich besitze aber keinen Rollstuhl, nicht einmal einen Rollator.«

»Aber es könnte sein, dass du in absehbarer Zeit einen Rollator benötigst. Du bist keine junge Frau mehr.«

»Ich fühle mich in dieser Wohnung einfach nicht wohl. Wenn ich auf der Terrasse stehe, schaue ich direkt aufs Krankenhaus. Das ist deprimierend.«

»Für dich oder für Konrad?«

»Ach Konrad. Wenn ich in seine Nähe ziehe, hat er mit Sicherheit mehr Zeit für mich. Er hätte nicht diese lange Anfahrtszeit mit dem Fahrrad. Wir wären unabhängig vom Busfahrplan.«

»Du bist ziemlich naiv. Wenn er jetzt keine Zeit hat, wird er sie später auch nicht haben.«

»Ich bin schon dabei, mir eine neue Wohnung zu suchen. Ich habe eine Anzeige geschaltet.«

Susanne versuchte kein erstauntes Gesicht zu machen.

»Was den Umzug anbelangt, so sind Karin und Harry außen vor und Fred und ich sowieso.«

»Ich brauche eure Hilfe nicht. Ich kann das alles allein regeln. Außerdem hat Konrad mir seine Hilfe angeboten.«

»Will er deinen Hausrat mit dem Fahrrad transportieren?«

»Es gibt Umzugsunternehmen. Die sind in der Lage, fast alles für mich zu erledigen.«

»Das kostet aber einen Haufen Geld.«

»Ich habe keine Geldsorgen.«

Eddas Hand strich über das Fell des kleinen Löwen.

»Dann ist ja alles in Ordnung. Jetzt wissen wir wie der Hase läuft.«

»Genau. Möchtest du noch einen Cognac?«

»Keine schlechte Idee. Ich könnte jetzt einen gebrauchen.«

20. Tag

Edda war auf Wohnungsbesichtigungstour. Sie hatte schon früh, unter Kopfschmerzen leidend, den Bus genommen. Konrad hatte sie informiert, an welcher Haltestelle sie aussteigen musste, um die Straße der ersten Besichtigungsadresse zu erreichen.

Edda fühlte sich gut, abgesehen von den Kopfschmerzen, die hartnäckig ihren Schädel bearbeiteten. Alles fühlte sich wie ein Neuanfang an. Ein Neuanfang nach Jahrzehnten der Stagnation, in denen sie das Gefühl hatte, sich nicht von der Stelle zu bewegen, gefangen zu sein. Es war das Gefühl, das genau ausdrückte, was sie nicht wollte: Ein Gefühl der permanenten Unzufriedenheit, das Gefühl, etwas in ihrem Leben versäumt zu haben.

Auf der anderen Seite wusste sie nie, was sie genau wollte. Sie hätte nicht sagen können, wie und zu welchem Zeitpunkt die Weichen hätten gestellt werden müssen.

Vielleicht wäre es gut gewesen, wenn sie schwimmen gelernt hätte. Damals. Sich freigeschwommen hätte im wahrsten Sinn des Wortes. Alles hinter sich gelassen hätte.

Es gab einmal diese Möglichkeit: Eine Großtante von ihr lebte in Reinbek bei Hamburg und die durfte sie besuchen in den frühen Fünfzigerjahren.

Hinaus aus Stralsund... aus der noch jungen DDR... in die freie Welt. Die Tante bot ihr an bei ihr zu bleiben. Aber da fehlte es ihr an Mut... an Entschlusskraft, das ungeliebte Elternhaus zu verlassen.

Jahre später tat ihre Schwester genau das! Sie floh in den Westen.

Ja, die Schwester hatte etwas gewagt, was sie sich nicht getraut hatte. Ein Umstand, der das Verhältnis der beiden Geschwister nicht verbesserte – ein Leben lang. Denn am Ende hatte die jüngere Schwester das neue Leben nicht durchgehalten. War früh gestorben. Das musste doch einen Grund haben. Nicht wahr?

Dasselbe war mit Oskar und seinem Bruder geschehen. Der Bruder hatte mit seiner Familie die Flucht ergriffen, noch vor dem Mauerbau, hatte Oskar und die Eltern zurückgelassen. Ein großes Dilemma, das beide Familien fast in den Abgrund gerissen hat.

Edda wurde die Tür aufgehalten. Sie befand sich inmitten einer Gruppe von Wohnungssuchenden, die geduldig eine Treppe passierten unter der Führung eines freundlichen älteren Herrn: »Bitte folgen sie mir unauffällig.«

Im Strom der Menschen war Edda abgelenkt. Mit den Gedanken nicht bei der Sache. An einem anderen Ort.

Was wussten ihre Töchter schon von ihrem Leben? Nichts. Außer einer Hand voll Äußerlichkeiten. Fassade. Vielleicht war das auch das Problem mit Oskar gewesen. Er kannte sie nicht. Er war nicht mutiger als sie. Keine Schulter zum Anlehnen, genauso ein Feigling wie sie selbst. Verstand denn niemand, dass so etwas schwer auszuhalten ist? Ja... so ein Leben ist schwer zu meistern, wenn ständig ein Felsblock vor der Haustür liegt. Selbst wenn er unsichtbar ist – für die anderen! Tagtäglich diesen Block bewegen zu müssen, um aus der Tür zu gelangen. Diesen Block aus Furcht und Unsicherheit. Ihn aus dem Blickfeld zu bewegen mit ungeheurer, fast unmenschlicher Anstrengung, um ihn am nächsten Morgen genau wieder in dieser Position vor sich zu finden. Eine Sisyphusaufgabe.

Was wussten ihre Töchter von ihrem Innenleben? Wahrscheinlich genauso wenig wie sie selbst.

Überhaupt, die Töchter! Sie hatten keinen Grund, sich zu beschweren. Immer wurde das Menschenmögliche für sie getan. Jeden

Tag ihres Lebens war Edda mit Wäsche beschäftigt. Schmutzige und frische Wäsche im Wechsel. Ihre Kinder waren immer sauber angezogen. Da ließ sie sich nichts nachsagen! Und immer stand Essen auf dem Tisch, egal wie es um die Finanzen bestellt war. Und alles neben ihrer beruflichen Tätigkeit: Waschen, bügeln, flicken, nähen, putzen. Diese ganzen Tätigkeiten, diese Zeitfresser, bis zur Erschöpfung. Alles im Laufschritt. Rennen gegen die Zeit, den Bus, die Stadtbahn, was auch immer.

Was wussten ihre Kinder schon davon!? Vermutlich hatten sie alles vergessen, waren ausschließlich mit sich selbst beschäftigt. Jeder Mensch hat eben seine eigenen Perspektiven.

Edda im Gemenge der Wohnungssuchenden. Im Fluss, der sich wie ein zäher Brei im Gebäude ergoss. Mit so vielen Menschen hatte sie nicht gerechnet. Jung und alt, Einzelpersonen und Familien. Edda wurde mitgerissen, wurde geschoben, ohne ein Wort, einen Satz zu verstehen. Irgendwas musste doch besprochen worden sein! Ohne ihre Anwesenheit? Hatte sie denn ihr Gehör abgeschaltet?

Plötzlich stand sie mit einer Handvoll Menschen in einem Zimmer und lauschte den Erklärungen eines freundlichen Herrn, der Räumlichkeiten vorstellte wie unbekannte Personen. Alles wurde in einem positiven Licht dargestellt. Soviel bekam Edda mit, während ihre Gedanken noch immer Kapriolen schlugen.

Wann hatten ihre Töchter eigentlich die Regie über ihr Leben übernommen? Nach Oskars Tod hielten sie ihre Mutter wahrscheinlich für eine Art seelenamputierte Person. Hilfsbedürftig.

Sie haben es sicherlich nur gut gemeint, tröstete sie sich.

Der freundliche Herr deutete nun auf einen Heizkörper: Blah...Blah...Blah. Vorzüge hier und da, aber keine Aufzüge. Im wievielten Stockwerk befand sich die Wohnung eigentlich? Ein Blick aus dem Fenster könnte einen Überblick verschaffen, dachte Edda. Aber dort stand eine Traube von aufmerksamen Zuhörern.

Es ist nicht selten, dass einem die eigenen Kinder als Erwachsene fremd erscheinen. Zu sehr ist die Erinnerung an die kindlichen Figuren gebunden, an Wesen, die kleiner sind als man selbst. Fast so klein wie Spielfiguren, die man je nach Belieben im Raum hin und herschieben konnte. Bis zu dem Tag, da diese

Wesen das erste freche Grinsen im Gesicht haben. Wie von einem unsichtbaren Künstler gemalt, einem Freigeist, einem Revolutionär. Widerworte sagten, die alles vergifteten, eine neue Atmosphäre schafften. Eine giftige Brühe, durch die man fortan hindurch waten musste. Bis heute.

Edda kämpfte sich bis zu dem Fenster durch. Ein Blick daraus genügte, um Ablehnung zu erzeugen. Die Wohnung befand sich mindestens im dritten Stock!

Das zu kleine Badezimmer gab ihr dann den Rest. Nun ja, dachte sie, die Hoffnung stirbt zuletzt.

21. Tag

Karin auf ihrer Terrasse, auf ihre Schwester wartend, die vor ihrer Abreise nochmal vorbeischauen wollte: Erschöpft von einer Vielzahl von Nachtschichten, lagen nun vier freie Tage vor ihr.

Zwei Tage waren schon nötig um zu vergessen. Mindestens. Einer der Hausbewohner hatte sich nämlich während ihrer Schicht im Hausflur erhängt. Zufällig war sie auf den Toten gestoßen, wäre fast mit dem Erhängten kollidiert.

Ihre Kollegen waren der Meinung, so etwas würde Spuren hinterlassen und sie müsse professionelle Hilfe in Anspruch nehmen. Das hielt sie jedoch nicht für notwendig. Sie war jeden Tag mit dem Tod oder mit dem Weg dahin konfrontiert.

Dennoch ging ihr das Bild nicht aus dem Kopf. Der Erhängte. Eine Aufnahme, die sie wie ein Blitz immer wieder durchfuhr. Das ist der Job, dachte sie dann, und machte weiter wie ein Muli, das eine schwere Last einen Berg hinauf transportiert.

Es klingelte an der Tür. Es war Susanne, die noch den Schlüssel ihres Wagens in der Hand hielt, als wolle sie nur kurz vorbeischauen.

»Willkommen in meinem Saustall«, begrüßte sie Karin. Es folgte eine herzliche Umarmung. Susannes Blick schweifte über den aufgeräumten Flur, die saubere Küche, die gepflegte Terrasse: »Pass bloß auf, dass Du nicht so'n Putzpoltergeist wie unsere Mutter wirst!«

In ihrer Kindheit waren die beiden Schwestern manchmal Rivalinnen, die um die Gunst ihrer Mutter buhlten. Eigentlich ständig. Im Guten, wie im Bösen, wenn es darum ging, Aufmerksamkeit zu erhaschen. Gelegentlich war es eine gute Zensur, die ein gewisses Maß an Lob brachte – obwohl, nicht unbedingt. Gute Noten wurden als Selbstverständlichkeit vorausgesetzt, für die es keine Streicheleinheiten gab. Dann schon eher Schläge einstecken, wenn man irgendwas Verbotenes getan hatte. Auch eine Form, des Auf-sich-aufmerksam-machens. Das klappte meistens besser.

Susanne setzte sich mit einem Lächeln im Gesicht an den großflächigen Tisch und riss beide Arme in Siegerpose nach oben:

»Jedenfalls werden wir heute Ruhe vor unserer Mutter haben.«

Karin hatte Tee zubereitet und balancierte mit der Kanne um Susanne herum, reichte ihr ein kleines Schälchen mit Gebäck.

»Bist du dir da ganz sicher?«

»Oh ja, sie hat den ganzen Tag Wohnungsbesichtigungstermine.«

»Hatte sie doch gestern schon.«

»Und heute auch noch!«

»Meine Güte, unsere Mutter legt eine ganz schöne Geschwindigkeit an den Tag.«

»Na ja, in ihrem Alter hat man nicht mehr alle Zeit der Welt.«

»Ich finde unfassbar, was hier alles abgeht, und dass sie dermaßen ausflippt.«

»Sie ist sehr einsam.«

»Nein, das ist sie nicht. Irgendeiner von uns wuselt doch immer um sie herum. Ich bin immer für sie da und Harry auch.«

Karin nahm einen Keks aus der Schale:

»Dann hat das Gespräch mit ihr ja nicht viel gebracht. Selbst du warst nicht in der Lage sie umzustimmen.«

»Nun ja, sie zieht nicht mit Konrad zusammen. Ich finde, das ist schon ein kleiner Erfolg.«

»Was hat sie plötzlich umgestimmt?«

»Sie meinte, er habe sich wieder einmal unmöglich benommen. Sie einfach sitzen gelassen. Mit so einem Mann wolle sie nicht zusammenleben.«

»Ja, das kann ich verstehen.«

Jetzt hatte Karin plötzlich ein Blitzen in den Augen. Etwas, das einem gewöhnlichen Besucher nicht unbedingt auffiel, ihrer Schwester aber sofort. Als sie darauf einsteigen wollte, kam Karin ihr zuvor:

»Aber bezüglich der Umzugshilfe sind wir uns doch einig?«

»Natürlich. Wir haben unserer Mutter ihre letzte Wohnung ermöglicht. Ihr den ganzen Umzug gemacht. Aber wenn sie nun aus mir unerfindlichen Gründen der Meinung ist, sie müsse nochmal umziehen, sind wir nicht mehr bereit, ihr zu helfen. Fred hat immer noch mit seinem Rücken Probleme.«

»Okay, wir sind eurer Meinung. Ich möchte nur nicht, dass wir uns gegenseitig in den Rücken fallen. Klein beigeben, verstehst du?«

»Das wird nicht passieren. Da kannst du dich hundertprozentig auf uns verlassen.«

Susanne erinnerte sich an ein Gespräch, dass sie am vorangegangenen Tag mit ihrer Mutter geführt hatte: Es begann mit dem Blättern in Fotoalben, den üblichen Floskeln bei dem Betrachten der alten Bilder.

Bei den Jugendbildnissen Eddas geriet der Redestrom allerdings ins Stocken, machte einer ungewöhnlichen Nachdenklichkeit Platz. Es gab ein paar Jahre im Leben Eddas, von denen ihre Tochter nichts wusste. Die Jugendzeit. Die schöne, kurze Jugendzeit, die nicht einmal fünf Jahre währte. Und einen Jugendfreund, der Edda an ihren geliebten Vater erinnerte. Eine glückliche Zeit, von der sie ihrer Tochter mit viel Wärme erzählte. Es waren Schilderungen aus einem anderen Leben. Einem Leben, das nicht andauern konnte. Der Freund entschied sich für eine andere Frau. Damals sei etwas zerbrochen, meinte Edda einsichtig, alles zerbrochen... vermutlich.

»Unseren Vater hat sie niemals geliebt«, sagte Susanne, stand von ihrem Platz auf und ging ein paar Meter über die Rasenfläche bis zu dem Fischteich, an dessen Wasseroberfläche hungrige Fischmäuler nach ihr schnappten.
»Ihr müsst eure Fische mal wieder füttern!«
»Das ist Harrys Angelegenheit. Ich werde ihm da nicht ins Handwerk pfuschen.«
Karin war ihrer Schwester gefolgt. Beide Frauen schauten jetzt über den Teich. Karin tippte plötzlich mit einem Finger in Susannes Bauch:
»Unsere Eltern haben geheiratet weil du unterwegs warst. Unsere Mutter ist ja bereits einige Monate nach dem ersten Date

schwanger geworden.«

Die Fische schnappten mit ihren Mäulern, als würden sie nach Luft ringen. Seltsam starre Augen glotzten in die Welt.

»Ich finde es nach wie vor unglaublich, wie sie Vater behandelte. Diese Rechthaberei, diese Gängeleien, das Bevormunden und die Lieblosigkeit. Das hatte er nicht verdient. Liebe hin oder her.«

»Er war nicht nur Opfer. Er war auch Täter. Ich erinnere mich an ein paar sehr unschöne Situationen in unserer Kindheit.«

Karin sah Susanne direkt an.

»Ja, Vater konnte auch sehr jähzornig werden. Ich sehe diese Abendbrotszene noch vor mir: Aus einem unerklärlichen Grund haben wir beide gelacht. Plötzlich, aus heiterem Himmel, setzte es Backpfeifen. So heftig, dass uns sofort Blut aus der Nase ronn. Er richtete mit diesen Ohrfeigen ein regelrechtes Blutbad an.«

»Oder als er mal wieder Schuhe putzen musste. Du weißt sicherlich noch, wie er diese Arbeit hasste. Aber Mutter gab nicht klein bei. Er sollte sich gefälligst an der Hausarbeit beteiligen. Sie schaffte es immer wieder, ihn aus der Reserve zu locken.«

»Er stand im Flur und putzte und wir lachten ihn an. Er dachte wahrscheinlich wir lachten ihn aus.«

»Er stürzte sich auf uns wie ein wildes Tier.«

»Oh ja, er konnte wirklich zuschlagen und auch schon mal mit seinen Pantoffeln nach uns werfen.«

Jetzt fingen die Frauen an, sich über die alten Geschichten zu amüsieren. Sie lachten und gackerten wie Teenager.

»Wenn es zu schlimm wurde, hat Mutter sich zwischen uns gestellt.«

Die beiden Frauen lächelten bitter.

»Das ist auch mal vorgekommen. Stimmt. Aber solche Szenen hatten Seltenheitswert.«

»Erinnert mich irgendwie an ,guter Bulle, böser Bulle'. Jedenfalls hatten sie beide einen ganz guten Schlag am Leibe. Das ging so weit, dass sie bereits zu unserer Kindergartenzeit eine Verwarnung dafür kassierten.«

»Daran kann ich mich nicht erinnern«, meinte Karin.

»Eine Kindergärtnerin aus der Tagestätte hatte an deinem Rücken diverse Blutergüsse entdeckt. Eines Abends stand sie bei uns in der Wohnungstür und verwarnte unsere Mutter. Wenn so etwas noch einmal passieren würde, müsste sie den Vorfall melden und das könnte ernsthafte Konsequenzen nach sich ziehen.«

»Woher weißt du das denn? Wir waren ja

noch so klein damals.«

»Das hat mir Oma später mal verraten.«

»Oh je, unsere Oma. Die war in der Lage, einiges abzufedern. Ansonsten sind wir wahrhaftig in einer desolaten Familie aufgewachsen.«

»Kann man wohl sagen. Es wird sicherlich seine Gründe haben, dass wir selbst keine Kinder haben wollten.«

Karin machte ein nachdenkliches Gesicht:

»Ich glaube, wir haben unterbewusst die Schnauze voll. Für alle Zeiten.«

Immer mehr Fische sammelten sich an der Oberfläche des Teiches.

»Manchmal habe ich Angst, wie Mutter zu werden. Ich habe ihre Ungeduld, und Unbeherrschtheit geerbt, glaube ich.«

»Wenn du wie deine Mutter wirst, schmeiße ich dich aus dem Fenster, hat Fred neulich zu mir gesagt.«

Susanne versuchte zu lächeln, aber so richtig gelang ihr das nicht.

»Apropos Fred. Wie geht es dem alten Knauser?«

»Der ist mit seiner Eisenbahnanlage beschäftigt. Baut sich seine eigene Welt im Miniaturformat.«

»Unsere Männer gehen irgendwie anders mit

ihren Erfahrungen um. Die haben vermutlich andere Ventile.«

»Ich weiß, dass Harry auch unter seiner Mutter gelitten hat, einer harten emotionslosen Frau, die ihn als Kind des Öfteren verprügelt hatte. Aber wenn er seinen Rum, seine Zigarren und seinen Bruce Springsteen hat, ficht ihn das nicht an, ist er mit sich im Reinen. Ich finde das bewundernswert.«

»Männer haben ein dickeres Fell, im wahrsten Sinn des Wortes. Vielleicht sind sie aber nur gleichgültiger. Fauler, was die Hausarbeit betrifft, sind sie auf jeden Fall. Haha.«

Wie aufs Stichwort wurde die Wohnungstür aufgeschlossen und wenig später stand Harry bei den Frauen auf der Terrasse.

»Lass dich umarmen Lieblingsschwägerin!«

»Man, gut dass es nur eine gibt!«

»Es kann nur eine geben.«

Harry vollführte eine Highländergeste, ganz lässig aus dem Handgelenk heraus. Er konnte sehr charmant sein, wenn er wollte, dachte Karin. Es war eine Eigenschaft, die er immer weniger betonte, zumindest was die Frauen in seiner unmittelbaren Umgebung betraf.

Als Karin ihrer Mutter neulich wieder einmal Vorwürfe machte wegen ihrer Beziehung zu Konrad, meinte Edda nur:

»Manchmal ist dein Harry auch ein grober

Klotz. Nicht zimperlich, um es mal höflich auszudrücken.«

Karin deutete auf den Teich und zupfte Harry am Ärmel:

»Du musst dich erst mal um die Fische kümmern. Die sind schon ganz unruhig.«

»Immer ruhig mit den jungen Pferden«, entgegnete Harry und schlurfte ins Haus zurück. Wenig später kam er mit einem Tablett, auf dem drei Gläser und eine Flasche Rum standen, wieder zurück.

»Für mich bitte nicht, ich muss heute noch fahren«, sagte Susanne, noch bevor Harry die Gläser auf den Tisch gestellt hatte.

»Ein Gläschen in Ehren kann keiner verwehren. Du musst doch nicht gleich los, oder?«

»Heute Abend.«

»Na siehst du. Karin macht dir nachher bestimmt noch einen Proviantbeutel fertig.«

Harry war wirklich geschickt. Man konnte ihm einfach keinen Wunsch abschlagen. Susanne setzte sich wieder auf ihren Platz, nahm das bereits gefüllte Glas in die Hand und prostete Harry zu.

»Auf uns!«

»Auf euch und eure Mutter!«

Harrys Stimme besaß einen sarkastischen Unterton: »Wie ich euch kenne, habt ihr bestimmt über Edda abgelästert.«

»Ohne Ende, wie du dir denken kannst«, entgegnete Karin und deutete in Richtung des Teiches: »Deine Fische haben Hunger.«

»Eddas Ohren haben bestimmt den ganzen Tag geklingelt«, lachte Harry und bewegte sich in die Küche, um ein Döschen Fischfutter zu holen.

Kurz darauf stand er breitbeinig am Teich und streute Teile des Futters ins Wasser.

»Es ist schon unglaublich wie viel Lebenszeit ihr damit verschwendet.«

»Womit?«

»Euer halbes Leben dreht sich um eure Mutter. Ihr setzt euch mit ihrem Leben auseinander als hättet ihr kein Eigenes. Könnt ihr sie nicht einfach mal in Ruhe lassen?«

»Es ist unsere Mutter. Wir fühlen uns für sie verantwortlich.«

»Ihr laboriert euer ganzes Leben an eurer Kindheit herum. Das ist krank.«

»Du verstehst nichts, aber auch gar nichts. Ich habe meinem Vater auf dem Sterbebett versprochen, mich um unsere Mutter zu kümmern.«

»Eure Mutter ist weder krank noch behindert. Die macht sich garantiert nicht so einen Kopf um eure Befindlichkeiten. Das könnt ihr mir unbesehen glauben.«

22. Tag

Edda Hoppe im Glück. Sie stolzierte an der alten Museumsbahn vorbei, die verwaist auf rostigen Schienen stand. Eigentlich nur auf einem Teilstück Schiene, ein Symbol der Unbeweglichkeit. Ihre Zeit war vorbei, die Schienenstränge abgebaut. Wie die umliegenden Gebäude der Textilfabrik, Relikte einer vergangenen Epoche.

Edda war aktiv wie lange nicht mehr. Sie hatte die letzte Zeit mit Wohnungsbesichtigungen verbracht, und war am Ende erfolgreich gewesen. Sie hatte und eine Wohnung in dem von ihr gewünschten Stadtteil ergattert, ganz in der Nähe von Konrads Wohnung. Nun konnte er sich nicht mehr herausreden und musste mehr Zeit mit ihr verbringen.

Sie überquerte den Kanal und schreckte eine Entenfamilie auf, die mit wilden Flügelschlägen das Weite suchte. Für den Bruchteil einer Sekunde dachte sie an Stralsund, an die gurrenden Tauben auf dem Pflaster des Marktes. An das Kreischen der Möwen, das manchmal ihre Nachtruhe gestört hatte.

Dann stand sie vor dem Gebäude der Wohnungsbaugesellschaft, wo sie ihren neuen Mietvertrag unterschreiben sollte. Am Empfang fragte sie nach der Person, die sie gestern durch die Wohnung geführt hatte, fuhr dann mit dem Fahrstuhl in den ersten Stock.

Sie war ein Ausbund an Energie. Diese ganze Angelegenheit wirkte wie ein Brandbeschleuniger in ihrem Körper. Ja, sie brannte lichterloh wie seit einer Ewigkeit nicht mehr.

Sie hatte die Wohnung im Geiste schon eingerichtet, wobei einige Möbelstücke eine exponierte Stellung einnahmen. Zum Beispiel ihr Ohrensessel, den sie direkt vor das große Fenster in ihrer Wohnstube stellen wollte, um auf die Straße hinaussehen zu können. Dort herrschte nämlich buntes Treiben, das an das Leben in Stralsund erinnerte.

Sie war nun mal ein Stadtkind. Auf dem Lande würde sie eingehen wie eine Primel, der man das Wasser verwehrt. Auf der anderen Straßenseite befand sich eine Tankstelle, in der ständig Betrieb herrschte. Allein die Menschen zu beobachten, die aus ihren Autos stiegen, sich mit den Tanksäulen beschäftigten oder mit einer gewissen Ratlosigkeit herumstanden, etwas suchten, und wenn es nur ein Wassereimer war, einen Schwamm oder sonst irgendetwas.

Diesen Menschen fühlte sie sich zugehörig, und sie hätte nicht einmal sagen können, warum es so war.

Das Badezimmer war nicht so geräumig wie in ihrer jetzigen Wohnung. Die Duschkabine in keinem Fall rollstuhlgeeignet. Aber das war auch nicht notwendig, weil sie ohnehin keine Zeit unter der Dusche verbrachte. Sie gehörte noch zu der Sorte Mensch, die ihren Körper am Waschbecken wuschen, weil, genau wie sie, sie große Abschnitte ihrer Biografie ohne eine Dusche auskommen mussten. Ihre morgendliche Waschung dauerte mindestens fünfundvierzig Minuten und war an Gründlichkeit nicht zu überbieten. Das Waschbecken in ihrer neuen Wohnung verfügte über die richtige Größe und genügte damit ihren Anforderungen. Im Flur konnte sie ihre Garderobe und eine kleine Kommode unterbringen. Alles bestens.

Edda betrat das Büro und die Dame hinter ihrem Schreibtisch begrüßte sie freundlich mit Handschlag. Eine raumfüllende Walküre, die zuerst nach ihrem Rentenbescheid fragte, um sicher zu gehen, dass Edda auch in der Lage war, die monatliche Miete zu bezahlen.

»Sie bekommen ja eine ordentliche Witwenrente!«

Mit diesem Satz eröffnete sie eine Art Smalltalk, in dessen Verlauf sie auch die Organisation des baldigen Umzugs erfragte. Edda entgegnete darauf schmallippig, alles liege gut und sicher in ihren Händen. Sie könne sich darauf verlassen, dass alles seine Richtigkeit und Ordnung habe.

»Wer sich auf andere Menschen verlässt, ist meistens verlassen.«

Darauf stieg die Walküre ein, nachdem sie den Vorhang zur Seite geschoben hatte, um das Tageslicht ungefiltert in den Raum fließen zu lassen. Es war, als entließe man einen Schwarm Vögel aus einem dunklen Raum.

»Sie erzählten doch gestern von einer Tochter, die in ihrer Nähe wohnt«, sagte die Sachbearbeiterin. Edda presste ihre Lippen dicht aneinander:

»Wissen Sie, auf seine Kinder kann man sich am wenigsten verlassen.«

Die korpulente Dame bewegte sich, als wollte sie sich auf einen Angriff vorbereiten. Dann lief alles auf eine verbale Attacke hinaus:

»Um ehrlich zu sein, ein derartiges Verhalten ist ungeheuerlich.«

»Ich habe einen guten Freund, der mir hilft, und heutzutage wird auch vieles von den Umzugsunternehmen übernommen.«

Die Walküre reichte ihr mit einer feierlichen Geste einen Füllfederhalter, und deutete mit ihren manikürten Fingernägeln auf die Stellen im Vertrag, die Edda unterschreiben sollte.

Draußen strich ein Vogel über den wolkenlosen Himmel. Edda hielt kurz ihre Hand an die Schläfe, als könne sie den wieder einsetzenden Schmerz in ihrem Kopf damit betäuben und setzte dann mit fast jugendlichem Schwung ihre Unterschrift unter den Vertrag.

23. Tag

Nachtschicht. Karin bewegte sich routiniert durch ihre Abteilung. Im Flur des zweiten Stockwerks streifte sie erneut der Tod. Sie sah den Erhängten, obwohl sie wusste, dass es sich um eine Sinnestäuschung handeln musste. Sie betätigte den Lichtschalter. Nur die Straßenbeleuchtung strich über die schemenhafte Gestalt und ließ ihr einen kalten Schauer über den Rücken laufen. Ihr Puls schnellte in schwindelerregende Höhen. Sie knipste das Licht wieder an und sah, dass es nur ein Vorhang war, der sich auf seltsame Art verheddert hatte.

Im Schwesternzimmer griff sie erst mal in die Schale mit den salzigen Heringen, um sich zu beruhigen. Süßigkeiten waren ihr großes Laster. Sie konnte einfach nicht widerstehen. Es war nicht so, dass es keine Versuche gegeben hätte, von der Sucht loszukommen. Es gab immer wieder Phasen, in denen sie abstinent lebte, bis sie sich fragte: *Warum?* Wen interessierte es, wie sie aussah. Am allerwenigsten sie selbst. Sie war süchtig. Es war eine Sucht, die sich verlagert hatte. Vom Rauchen zum Naschen. Keine schlechte Alternative eigentlich, denn das

Naschen beruhigte sie.

Einige Minuten später stand sie vor Frau Degenhardt, einer Frau, die ihr sehr sympathisch war. Die Degenhardt war eine kleine, zierliche alte Frau in ihren Neunzigern. Zart wie eine Feder, schien sie kaum sichtbar durch die Räume zu schweben. Sie war eine Frau, und das mochte Karin so an ihr, die sich selbst genügte. Eine Frau, die gern alleine lebte, obwohl sie lange Jahre verheiratet gewesen war und auch Kinder hatte, die allerdings weit entfernt von ihr lebten.

»Ich brauche ihre Hilfe Schwester Karin«, sagte Frau Degenhardt und öffnete ihre Zimmertür.

»Haben Sie hier draußen auf mich gewartet? Sie hätten die Klingel benutzen können.«

Frau Degenhardt lächelte gütig:

»Ich dachte irgendwann wird doch mal jemand vorbeikommen. Ich wusste, dass Sie immer pünktlich ihre Runde machen.«

»Na ja.«

Auf Frau Degenhardts Tisch stand eine kleine Halogenlampe, direkt neben einem Fotoband mit Filmstars der 50er und 60er Jahre. Eine Doppelseite mit einer schwarzweißen Fotografie von Cary Grant und Ingrid Bergman war aufgeklappt. Die Bergmann trug einen Popelinmantel und einen Hut mit einem eleganten Fischgrätenmuster. Sie hielt sich einen kleinen Taschenspiegel vor ihr hübsches Gesicht. Karin ertappte sich bei dem Gedanken, nur einen Tag lang so aussehen zu wollen wie diese elegante Frau.

»Ja ja, das trug man damals. Schauen Sie, wie die Bergman Cary Grant anhimmelt.«

Karin klappte das Buch zu. Vom Cover schaute die anmutige Audrey Hepburn in den Raum. Einen Moment dachte Karin, dass Frau Degenhardt in ihrer Jugend bestimmt ähnlich ausgesehen hatte und grazil und selbstgenügsam durch ihr Leben geschwebt war.

»Sie beschäftigen sich wohl viel mit Hollywood?«

»Nein. Ich tauche nur gerne in vergangene Zeiten ein. Das erinnert mich an meine Jugend, meine Erlebnisse. Damals. Im Alter lebt man von Erinnerungen. Ich blättere auch gerne in alten Fotoalben. Wissen Sie, man muss sich mit dem Leben versöhnen, sonst wird man nicht glücklich. Eine verbiesterte alte Frau wollte ich niemals werden.«

»Ihre Kinder besuchen Sie selten?«

Frau Degenhardts Gesicht nahm einen nachdenklichen Ausdruck an:

»Sie wohnen weit weg und leben ihr eigenes

Leben. Ich habe nie gewollt, dass sie sich um mich kümmern, denn auch ich habe ein eigenes Leben. Ich möchte nicht bevormundet werden, wissen Sie, und ich bevormunde auch niemanden. Das war mir immer wichtig. Vielleicht haben wir deshalb so ein gutes Verhältnis. Wir schreiben uns Briefe.«

»Das ist schön.«

Karin sah auf einer Anrichte einen zusammengeschnürten Stapel voller Briefe.

»Was kann ich denn für Sie tun, Frau Degenhardt?«

Frau Degenhardt deutete zuerst auf eine Glühbirne und dann auf den Deckenleuchter:

»Könnten Sie mir bitte diese Birne hier einschrauben? Ich bin so wackelig auf den Beinen. Irgendeine Form von Höhenangst, nehme ich an.«

Karin lächelte verständnisvoll und Frau Degenhardt begab sich zu ihrem Kleiderschrank, um ihren zweistufigen Tritt zu holen. In weniger als zwei Minuten hatte Karin die Birnen ausgewechselt: »So, jetzt können Sie wieder ungetrübt Ihre Vergangenheit betrachten und die Hollywoodschönheiten.«

»Vielen Dank, Schwester Karin.«

Frau Degenhardt hatte plötzlich einen Beutel mit salzigen Heringen in der Hand.

»Das ist keine so gute Idee. Ich wollte mir das Naschen gerade abgewöhnen«, log Karin.

Im Schwesternzimmer klingelte das Telefon. Karin bedankte sich und griff nach dem Naschbeutel.

Wenig später hielt sie ratlos den Telefonhörer in der Hand. Eine Frauenstimme brabbelte Unzusammenhängendes vor sich hin. Es war wie bei einem Radio, dessen Sender nicht richtig eingestellt waren, sodass die rauschenden Sätze durcheinander purzelten wie umgestürzte Bausteine.

»Hallo, können Sie bitte etwas deutlicher sprechen? Ich verstehe Sie nicht.«

»Spreche ich mit Schwester Karin?«

»Am Apparat.«

»Eigentlich geht mich die ganze Sache ja nichts an. Es ist vielmehr eine Herzensangelegenheit. Ich finde, wir müssen uns um unsere Mitmenschen kümmern.«

»Um welche Sache handelt es sich denn?«

»Sie sind doch die Tochter von Frau Edda Hoppe?«

»Ja, die bin ich.«

»Sehen Sie, und ich bin die neue Vermieterin Ihrer Mutter.«

»Moment mal. Woher haben Sie meine Telefonnummer? Doch nicht etwa von meiner Mutter.«

«Oh nein, Ihre Mutter weiß nichts von diesem Anruf. Aber diese Stadt ist manchmal wie ein Dorf, in dem sich Nachrichten in Windeseile verbreiten. Wie gesagt, es ist mir eine Herzensgelegenheit, mit Ihnen darüber zu sprechen. Sie können Ihre Mutter mit diesem Umzug nicht alleine lassen! Die arme Frau ist völlig überfordert.«

»Hat Sie mit Ihnen darüber gesprochen?«

»Nicht so direkt, verstehen Sie?«

»Eher indirekt.«

»Genau, so nebenbei.«

»Ich bedanke mich für Ihren Anruf. Ich werde mich um die ganze Sache kümmern.«

Die Anruferin schien noch einmal Luft zu holen, um erneut anzusetzen, als Karin mit einer schnellen Bewegung den Hörer auf die Ladestation setzte.

Ihr Herz raste. Einer der Hausbewohner im zweiten Stock hatte die Klingel betätigt. Karin blickte auf das Tableau mit den Zimmernummern, griff in die Schale mit den Süßigkeiten und machte sich auf den Weg.

24. Tag

Stade. Susanne erwachte nach einem verstörenden Traum: Eine unbekannte Person hatte nach der Telefonnummer ihrer Mutter gefragt. In einem Wust von Unterlagen, übereinander gestapelten Aktenordnern und losen Blättern, versuchte sie ein leeres Blatt Papier herauszufingern, was ihr auch gelang. Sie schrieb die Nummer ihrer Mutter auf dieses Papier und, noch bevor sie das Blatt an die unbekannte Person weitergeben konnte, war es wieder unter dem undurchdringlichen Stapeln verschwunden. Dieses Spiel wiederholte sich unzählige Male. So lange, bis Susanne schweißgebadet erwachte. Danach verbrachte sie einige Zeit damit, den Traum zu analysieren, nach irgendeiner Form von Bedeutung zu suchen. Tatsache war, dass ihre Mutter häufig in ihren Träumen vorkam. Manchmal spukte sie sich regelrecht durch deren Handlung. Sie fragte sich, warum die alte Frau derart präsent war und bestimmt immer wieder ihre Aufmerksamkeit bekam.

Ihre kurze Reise hatte alles in ihr wieder aufgewühlt, die Machtposition ihrer Mutter erneut gestärkt. Aber was war die Essenz ihrer Macht? Ein Verantwortungsgefühl ihrer Mutter gegenüber? Warum?

Sie war keine hilflose Person, nicht einmal hilfsbedürftig. Im Gegenteil, für ihr Alter war sie noch ungemein umtriebig. Vielleicht, so dachte sie, müsse das Pferd von der anderen Seite aufgezäumt werden. Vielleicht hoffte sie nur, dass ihre Hilfeschreie von ihrer Mutter endlich gehört werden? Meine Hilfeschreie? Warum?

Da kam ihre Kindheit wieder aus ihrem Versteck und mit ihr das Gefühl der Verlorenheit, der Einsamkeit, der Lieblosigkeit. Alleingelassen mit Allem.

Dabei wollte sie doch nur einmal in den Arm genommen werden, einmal spüren, dass sie willkommen war in dieser kalten Welt.

Jetzt wurde Susanne von ihren Gedanken so gerührt, dass sie zu weinen begann. Sie zwang sich dazu, es ganz leise zu tun, weil sie unter keinen Umständen Fred wecken wollte, der neben ihr tief und fest schlief.

Plötzlich ging ihr Weinen in ein glucksendes Lachen über, weil ihr spontan einfiel, was ihre Tante ihr einmal über ihre Mutter gesagt hatte: Edda sei schon als Kind sonderbar gewesen, merkwürdig. So habe sie beispielsweise nach einem Besuch von Verwandten immer den Kaffeesatz aus den leeren Tassen gelöffelt. Die Tante machte dabei eine typische Handbewegung, ein wedeln mit der rechten Hand vor dem Gesicht, um das soeben erzählte zu unterstreichen. Was nichts anderes bedeutete, als dass die Person, um die es ging, nicht alle Tassen im Schrank hatte.

Susanne schlug die Bettdecke zurück und stand leise auf. Sie wollte an ihrem freien Tag Fred nicht aufwecken, sondern ihn später mit einem selbstgemachten Frühstück überraschen. An den Werktagen stand er, obwohl neuerdings Rentner, immer mit ihr auf und machte das Frühstück. Ein jahrelanges Ritual, das auch umgekehrt funktionierte.

Eine Stunde später saßen sie gemeinsam am Küchentisch. Fred noch verschlafen und gewohnt schludrig in seinem Schlafanzug. Aber auf seine eigene Art angriffslustig:
»Wieder so ein Tag, den wir rot im Kalender ankreuzen können.«
Susanne machte ein irritiertes Gesicht, während sie Kaffee einschenkte.
»Du sprichst in Rätseln, Mann.«
»Na ja, so ausgeschlafen und aktiv habe ich

dich schon lange nicht mehr gesehen.«

»Ich habe von meiner Mutter geträumt, bin aufgewacht und konnte nicht wieder einschlafen.«

»Auweia. Dann sollten wir jetzt schleunigst das Thema wechseln.«

Fred erzählte, dass er mit seinem Freund Theo, mit dem er regelmäßig Sport trieb, über einen möglichen Afrikaurlaub gesprochen hatte. Theo und seine Frau waren schon des Öfteren in Süd- und Südwestafrika unterwegs und immer wieder begeistert von der Landschaft, den wilden Tieren und den freundlichen Menschen gewesen.

»Ich wollte schon immer mal auf den Kilimandscharo.«

»Wie schön, dass ich so nebenbei etwas über unsere gemeinsamen Urlaubspläne erfahre«, spöttelte Susanne.

»Es sind keine gemeinsamen Pläne.«

»Ach so, du wolltest also alleine nach Afrika fahren und diesen Berg besteigen?«

»Nein, natürlich nicht.«

»Gib zu, dass ihr beiden alten Männer darüber nachgedacht habt!«

Ein gefährliches Funkeln war in Susannes Augen getreten und Fred nahm sich instinktiv zurück, um nicht in ein verbales Minenfeld zu treten.

»Es war nichts weiter als eine Idee, die wir mit unseren Frauen realisieren wollten.«

»Ich kann mir lebhaft vorstellen, wie ihr beim gemeinsamen Biertrinken darüber schwadroniert habt. Was müsst ihr alten Säcke euch eigentlich beweisen?«

»Na hör mal. Was sind denn das für Töne? Du hast selbst einmal darüber gesprochen, wie interessant du eine Fotosafari finden würdest. So etwas würde dich auch mal reizen, sagtest du.«

»Du weißt, dass ich viel zu viel Angst vor diesen Viechern habe, die dort überall herumlaufen, außerdem vor den Insekten und dem ganzen Schlangengetier. Ich hätte auch keinen Bock darauf, mir Malaria, Gelbfieber oder noch Schlimmeres einzufangen.«

»Natürlich müsste man sich vorher impfen lassen.«

»Komm hör auf. Theo hat dir einen Floh ins Ohr gesetzt.«

»Er war schon vor Jahren mit Hermann auf dem Tafelberg in Kapstadt.«

»Das ist aber ein feiner Unterschied. Um auf den Kili zu steigen, brauchst du einige Tage und einen Haufen Ausrüstung. Der Berg ist fast sechstausend Meter hoch. Da geht euch die Luft aus. Schon mal was von der Höhenkrankheit gehört?«

»Ach…«

Fred in seinem Schlafanzug machte eine wegwerfende Handbewegung.

»Du bist sowas von ignorant. Das ist nicht zu fassen!«

Jetzt entbrannte ein heftiger Streit zwischen den beiden Eheleuten, in dem zuerst sachliche Argumente unterschiedlichster Art hin und her geschleudert wurden. Danach folgten unsachliche Beleidigungen, verbale Ohrfeigen, dann unkontrollierte Beschimpfungen.

Susanne stand abrupt auf und zog sich vor der Garderobe im Flur an, während Fred noch wie betäubt am Küchentisch saß. Als die Wohnungstür zuknallte, stand er auf und deckte den Tisch ab.

Susanne spazierte in Richtung des kleinen Sees. Umgrenzt von einem kleinen Wäldchen, vergnügten sich jede Menge Wasservögel auf dem Tümpel. Sie setzte sich auf eine Bank in der Nähe einer Trauerweide und atmete ein paarmal tief ein und aus. Warum um alles in der Welt war sie wieder so ausgeflippt? Fast auf die gleiche Art und Weise wie ihre Mutter Edda. Das war einer dieser Augenblicke, in denen die kalte Furcht in ihr aufstieg. Die Furcht, so zu werden oder so zu sein wie ihre Mutter.

Nach zwei Stunden hatte sie sich beruhigt, und war wieder zu Hause angekommen. Fred bastelte im Keller an seiner Eisenbahn. Er war mit einem blechernen Bahnübergang beschäftigt, als Susannes plötzlich in der Tür stand mit einer Entschuldigung auf den Lippen.

»Harry hat vor einer Stunde angerufen«, sagte Fred, während er das Blechteil auf der Platte justierte »er meinte, Karin sei mit Umzugsvorbereitungen beschäftigt, betonte aber gleichzeitig, dass er sich nicht an der Sache beteiligen würde. Er für sein Teil, würde sich an die gemeinsam beschlossene Vereinbarung halten.«

»Das kann doch alles nicht wahr sein. Hört denn dieser Albtraum niemals auf?«

25. Tag

Für Edda Hoppe begann der Tag mit unerträglichen Kopfschmerzen. Mit Schmerzen, die sie in dieser Intensität nicht kannte. Kalter Schweiß hockte auf ihrem Nacken wie ein böser Geist. Migräne? Sie war zu keinem klaren Gedanken fähig, stand auf und tapste ins Badezimmer. Karin hatte ihr neulich eine Packung Ibu geschenkt. Sie nahm eine Kapsel aus der Packung und schlurfte wie ein Zombie in die Küche. Dort nahm sie sich ein Glas Wasser und spülte die Ibu herunter. Ihre Augen waren feine Schlitze wie Schießscharten. Sie befürchtete, wenn sie sie weiter aufmachen würde, könnten sie explodieren und mit ihnen der gesamte Körper.

Im Schlafzimmer ließ Edda die Jalousie herunter und legte sich wieder hin. Sie schloss die Augen und wartete, dass der Schmerz vorüberging, oder zumindest nachließ.

Zwei Stunden später sah sie wieder klare Bilder. Der Schmerz lag gedämpft und erschöpft in einer Ecke ihres Körpers und verhielt sich unauffällig. Jetzt konnten ihre Gedanken wieder ungestört an die Oberfläche ihres Bewusstseins strömen. Sie musste Vorbereitungen für den baldigen Umzug treffen.

Dazu gehörte, da die neue Wohnung deutlich kleiner sein würde als ihre jetzige, Dinge auszusortieren. Sie hatte gestern bereits eine große Blechschachtel mit alten Fotografien beiseite gestellt: Aufnahmen von Oskar in Jugendjahren, seiner Familie und alten Freunden – von Leuten, mit denen sie nichts mehr am Hut hatte.

Dann gab es noch einen Restbestand an Büchern, den Harry noch nicht durchgesehen hatte. Das musste er in den nächsten Tagen nachholen. Sie wollte so wenig wie möglich von diesen Dingen behalten – nicht an die fünfzigjährige Ehe mit Oskar erinnert werden.

Warum in drei Teufels Namen war das so? Oskar war ein Mann, der einfach nicht zu ihr gepasst hatte. Von Anfang an. Als sie sich trafen prallten Welten aufeinander und alles was zwischen sie geriet, wurde zwangsläufig zerstört… aufgerieben.

Sie wusste nicht, warum ihr plötzlich dieses Bild vor Augen stand. Vielleicht lag es an der Medikation? Ja, sie waren wie zwei Giganten, die in ihrer unmittelbaren Umgebung alles zerstörten.

Warum?

Oskar kam aus einer Welt, die sie nicht kannte. Er war ein über dreißig Jahre alter, verwöhnter Junggeselle, der immer in der Lage war, seinen Interessen nachzugehen. Edda hatte zwei gescheiterte Beziehungen hinter sich und wollte den Menschen um sie herum beweisen, dass sie auch heiraten und eine Familie gründen konnte. Mit wem auch immer. Also fiel ihre Wahl auf diesen, in ihren Augen pomadigen Mann. Von vornherein der falsche Ansatz, wie ihre Tochter Susanne vor Jahren schon bemerkt hatte. Ein Fehler, der sich nicht so ohne weiteres korrigieren ließ, zumal die beiden Töchter in kurzem Abstand geboren wurden.

Ständige Kabbeleien, deftige Streitereien, Bösartigkeiten, hysterisches Herumgezicke, sogar Selbstmordversuche gehörten zum Repertoire dieser Beziehung.

Also, was solls. Warum nicht das Ganze so schnell wie möglich vergessen?

Das war doch legitim!? Wenn man jahrelang orientierungslos durch die Wüste irrt, ist man froh, wenn man eine Oase erreicht. Frisches Wasser, neue Kleidung, eine neue Perspektive, bessere Aussichten, um es klar auszudrücken.

Waren diese besseren Aussichten in der Person von Konrad auszumachen? Nun ja, er konnte sehr charmant und zuvorkommend sein!

Im Grunde verstand sie sich gut mit dem alten Mann, obwohl er nicht zuverlässig war. Erst gestern hatte er sie wieder versetzt, obwohl er sich um ihren Umzug kümmern wollte. Sie zu unterstützen, sei sein oberstes Gebot, meinte er. Allerdings verlangten die Aufgaben in der Kirchengemeinde ihm einiges ab und so müsse er, so leid es ihm tue, die Prioritäten abwägen. Mal in die eine, mal in die andere Richtung.

Im Klartext ließ er sie mit vielen Sachen alleine zurück. Diese Dinge, diese notwendigen Tätigkeiten, vertrieben allerdings auch zeitweilig ihre Einsamkeit.

Eddas Gedankenstrom wurde nun in eine andere Richtung gelenkt. Sie stand von ihrer Bettstatt auf, schob die Vorhänge auf, zog die Rollläden hoch, und ließ Tageslicht in ihr Schlafzimmer. Dann zog sie sich ihren Morgenmantel über und begab sich zum Telefon, um das Umzugsunternehmen anzurufen. Es gab noch viele Details zu besprechen. Vielleicht sollte sie sogar vor Ort, persönlich, von Angesicht zu Angesicht mit den zuständigen Leuten sprechen? Am Telefon wirkte sie manchmal seltsam gehemmt, einsilbig, und musste oft nach Worten suchen. Im persönlichen Gespräch konnte sie anders auftreten. Aber sie war bereits dabei, die Nummer zu wählen und kurz nach dem Freizeichen meldete sich bereits eine freundliche Stimme.

Nach dem Telefonat war sie seltsam erschöpft. Ein Zustand, den sie so an sich noch nicht kannte. Als hätte ein Geist, in ihrer Nähe lauernd, Lebensenergie abgezapft. Sie dachte kurz daran, wie es nach diesen ausgefüllten Tagen wohl weitergehen würde und spürte bereits wieder die dunklen Wolken ihrer Einsamkeit auftauchen. Aber etwas war anders!

Sie saß in ihrem Ohrensessel, den Telefonhörer noch in ihrer Hand, als die Spinne wieder auftauchte. Die Spinne, die vor einiger Zeit etwas in ihr ausgelöst hatte.

Sie traute ihren Augen nicht. Das Biest seilte sich an derselben Stelle wie neulich ab. Ein kleiner Bergsteiger, der sich an einem straffen Seil nach unten gleiten ließ. Nach unten ins Nirgendwo.

Edda wollte von ihrem Sessel aufspringen, aber es funktionierte nicht. Sie konnte sich nicht von der Stelle rühren. Sie fühlte sich, als habe man ihr den Strom abgestellt. Dann gingen ihre Lichter aus. Die Dunkelheit nahm sie schon nicht mehr wahr. Der Fluss der Unendlichkeit hatte sie aufgenommen, wie Treibgut vom Ufer, und mit sich fortgerissen in ein jenseitiges Dasein.

Am späten Nachmittag klingelte Karin an ihrer Wohnungstür mit einem Stapel leerer Umzugskartons bewaffnet. Zu diesem Zeitpunkt war Edda Hoppe schon einige Stunden tot.

Epilog

A.D. Hartung hatte seine Arbeit vollendet. Er klappte seinen Laptop zu und stellte die kleinen Figuren, die an Playmobilmännchen erinnerten, zurück in seine Glasvitrine. Dann ging er ans Fenster und sah hinaus auf die karge, winterliche Landschaft. Wenn er genauer hinsah auf die noch unberührten Ackerflächen, konnte er sie alle erkennen. Die Geister. Sie standen auf der gefrorenen Erde und sahen zu ihm hinüber. Die Geister der Menschen, die er einmal gekannt hatte. Zwei davon schälten sich aus der Menge und bewegten sich auf ihn zu. Es waren seine Eltern. Unter der Birke, an der sein Gartenstück begann, hielten sie an. Sie standen da, gut sichtbar und stumm und unschuldig wie Kinder.

Dieses Bild erzeugte Erinnerungen. Sie kamen auf ihn zugerollt wie Wellen. A.D. starrte auf die Birke und die beiden Alten, die so reglos da standen, und plötzlich war ein Gefühl wieder da. Das Gefühl, das ihn beschlichen hatte, wenn ein Schlüssel in die Haustür seines Elternhauses gesteckt worden war. Er besaß ein feines Gespür für dieses spezielle Geräusch, das den jeweiligen Besitzer des Schlüssels identifizierte. Handelte es sich um seinen Vater, ging sein kleiner Körper sofort in eine Art Alarmmodus wie bei einem scheuen Tier, das Gefahr witterte. Das Verhältnis zu seiner Mutter war ein anderes. Wenn ihr Schlüssel sich im Schloss drehte, spürte er keine Gefahr, obwohl es auch Situationen gab, in denen sie auf ihn einschlagen konnte in unkontrollierter, blinder Wut. Sie hatte wie die Dame im Kartenspiel zwei Seiten und eine davon war liebevoll und zärtlich.

Es klingelte an der Haustür. Es war der Nachbar und Freund, der sich mal wieder nach einem Bild erkundigte, das er A.D. unbedingt abkaufen wollte. Ein Bild, das, seit er es das erste Mal gesehen hatte, eine ungeheure Faszination auf ihn ausübte.

Das Bild hing in A.D.s Arbeitszimmer, sodass er es während des Schreibens immer wieder betrachten konnte. Es glich einem Roy-Lichtenstein-Gemälde. In einem wilden Comic Stil konzipiert, zeigte es einen Jeep in einer Wüstenlandschaft. Ein riesenhafter Löwe stürzte über das Dach des Jeeps. Mit seinen ausgefahrenen Krallen berührte er beinahe den Körper eines vor ihm fliehenden Schafes.

»Komm rein.«

»Hast du dir das mit dem Bild überlegt?«
Der Freund drängte in den Wohnungsflur.
»Wenn ich ehrlich sein soll, tendiere ich im Moment dazu, das Bild nicht zu verkaufen.«
»Aber du hast gesagt, wenn du deine Arbeit vollendet hast, dann stehen meine Chancen gut. Bist du mit deiner Erzählung nicht zu einem Ende gekommen?«
»Doch, aber mit dem Bild, da hadere ich noch mit mir.«
Der Freund schlug sich die Hände vors Gesicht: »Aus euch gottverdammten Schreiberlingen soll ein Mensch schlau werden. Woran hapert's denn?«
A.D. ging voraus in sein Arbeitszimmer. Sein Laptop stand zugeklappt auf seinem Schreibtisch. Die Arbeit war erledigt. Der Löwe hatte das Tier in sein Maul geklemmt und sich davongemacht.
»Nun ja, « sagte der Freund, »die Proportionen stimmen nicht ganz. Das Tier ist viel zu groß, größer als der verdammte Jeep. Das ist unrealistisch.«
»Das ist ein Comic. Das geht gar nicht anders.«
»Außerdem ist an den Lefzen kein Blut zu erkennen.«
»Das Bild zeigt auch nicht, dass der Löwe das Schaf frisst.«

»Was um alles in der Welt hat er dann mit ihm vor?«

»Ich weiß es nicht. Vielleicht will er nur spielen?«

»Und warum willst du das Bild jetzt nicht verkaufen?«

»Es erinnert mich an meine Kindheit, verstehst du?«

Der Freund räusperte sich, trat neben A.D. und schaute auf das Bild.

»Ja, unsere Kindheit. Die tragen wir unser ganzes Leben mit uns herum.«